Karl-Heinz Knacksterdt

Gescheiterte Pläne

Bibliografische Information der Deutschen
Nationalbibliothek
Die Deutsche Nationalbibliothek verzeichnet diese
Publikation in der Deutschen Nationalbibliografie;
detaillierte bibliografische Daten sind im Internet
über http://dnb.d-nb.de abrufbar

Karl-Heinz Knacksterdt
Layout und Realisierung Karl-Heinz Knacksterdt

Titelgestaltung: Karl-Heinz Knacksterdt

Titelbildentwurf
Karl-Heinz Knacksterdt

© 2020

Herstellung und Verlag: BoD - Books on Demand, Norderstedt

ISBN 978-3752-64295-7

2. überarbeitete Auflage

KARL-HEINZ KNACKSTERDT

GESCHEITERTE
PLÄNE

EIN OLDENBURG-KRIMI

Mein Dank geht an Marlies Peters und Steffi Loesbrock für konstruktive Kritik und Unterstützung.

Ein besonderer Dank gebührt meiner lieben Frau Annelie für ihre unendliche Geduld.

Inhalt

Die Personen

Martin Winkler *1949
Unternehmer (IT-Branche), Inhaber NewIT,
geschieden von

Tanja Holsten * 1977
geb. Beiling, seine Ex-Frau,
wiederverheiratet mit

Beat Holsten, IT-Entwickler

Anna * 2004
Tochter von Tanja und Martin

Thomas Rossmann, Freund, Strafverteidiger

Frau Bliemel, Haushälterin im Hause Winkler
Marie, Sekretärin bei NewIT

Tim Haller, Exfreund Tanjas
Billie Eilers, Freundin Tanjas

Daniel von Stetten, Kriminalhauptkommissar
Linda Barowski, Kriminalkommissarin

Teil 1

1 Das Urteil

17. Oktober 2014

R uhe! Bitte erheben Sie sich von den Plätzen!" Der Protokollführer ruft diesen Satz mit energischer Stimme in den Saal 12 des Landgerichtes im alten, bedrohlich erscheinenden Gerichtsgebäude. Hier findet der letzte Tag der Verhandlung des Schwurgerichtes mit der Urteilsverkündung gegen mich statt. Das Gemurmel im Saal, in dem sich etwa fünfzig Menschen versammelt haben, verstummt, ein kurzes Stuhlscharren ist zu hören, dann herrscht Stille. Das Gericht betritt durch eine Tür hinter dem Richtertisch den Raum, zuerst der Vorsitzende Richter, dann die Beisitzer, alle in ihren Roben, danach die beiden Schöffen. Richter und Schöffen setzen sich in ihre Sessel, bedächtig, würdevoll.

Ganz anders als bei meinem ersten Auftritt in einer Verhandlung, es war der Scheidungsprozess, gab und gibt es in diesem Falle ein relativ großes Publikum im Saal. Die Berichte in der lokalen Presse mit dem Titel „Badewannenmord" haben für ein großes Interesse in der Bevölkerung gesorgt.

„Bitte nehmen Sie Platz", sagt der Vorsitzende Richter zum Publikum. Die Zuhörer setzen sich, gespannt auf die Fortsetzung des Verfahrens, die Urteilsverkündung, wartend.

Ich höre während meines Ganges zum Sitzungsraum die Anweisungen des Justizwachtmeisters, ohne das ganze Geschehen zu realisieren – ich bin wie in Trance. Meine Begleiter führen mich an den Armen, die hinter dem Körper mit Handschellen zusammengehalten sind – selbst einfache Verrichtungen sind dadurch fast unmöglich. Die Justizbeamten verhalten sich, als sei ich ein auf der Flucht befindlicher Schwerverbrecher!

Wir betreten den Gerichtssaal, man nimmt mir die Handschellen ab, im Saal erhebt sich Gemurmel.

Mein Anwalt wartet bereits auf mich: „Wo bleibt ihr denn? Der Richter ist schon ganz unruhig!"

„Ruhe bitte!" Die Stimme des Vorsitzenden Richters ist energisch, es wird erneut still im Saal.

„Setzen!", blafft mich einer der Beamten an, fügsam nehme ich Platz.

Der Vorsitzende, Dr. Johannes von Meyerhoff, eröffnet die Sitzung.

„Angeklagter, erheben Sie sich."

Folgsam erhebe ich mich, ich empfinde das ganze Geschehen um mich herum wie eine schlechte Theateraufführung. Meine Gedanken haben jegliche klare, eindeutige Aktivität eingestellt – ich funktioniere nur noch!

Im hinteren Teil der Zuschauerreihen sehe ich Tanja, schwarz gekleidet, als sei sie zu meiner Beisetzung gekommen – irgendwie ist es ja auch die Beerdigung meiner bisherigen Existenz! Ich sehe sie zum ersten Mal seit ihrem Besuch bei mir in der U-Haft. Schwarz steht ihr ausgesprochen gut, stelle ich fest, aber das wusste ich auch schon in unserer gemeinsamen Zeit als glückliches Paar. Abgesehen von ihrer Blässe scheint mir, dass sie im Ganzen etwas voller geworden ist – eine schöne, interessante Frau. Meine Tochter Anna durfte nicht in den Gerichtssaal, wie mir mein Anwalt vorhersagte – sie wird wohl wie an den anderen Verhandlungstagen bei einer Freundin sein, denke ich.

Das Gericht stellt die Anwesenheit der Prozessbeteiligten fest, wie es heißt, dann wendet sich der Vorsitzende Richter direkt an mich:

„Herr Winkler, an den vergangenen Sitzungstagen hat sich das Gericht bemüht, die Beweggründe zu erforschen, die Sie nach Ansicht der Staatsanwaltschaft zu der schrecklichen Tat am 28. März des vergangenen Jahres getrieben haben. Wir haben Zeugen zum Tathergang und zu Ihnen befragt, Spuren der Tat wurden gesichert und kriminaltechnisch ausgewertet, Gutachter haben Ihre Schuldfähigkeit festgestellt, obwohl Sie in allen Verhandlungen Aussagen zur Sache verweigert haben. Bei den polizeilichen Vernehmungen waren Sie sehr zurückhaltend, ein Geständnis der Tat wäre hilfreich gewesen. Die Fragen der Staatsanwaltschaft haben Sie ja überwiegend unbeantwortet gelassen!

Staatsanwaltschaft, Verteidigung und Nebenklage haben am vorhergehenden Verhandlungstag ihre Plädoyers gehalten. Heute werden wir das Verfahren zu Ende bringen. Sie haben das letzte Wort, bevor sich das Gericht zur Urteilsfindung zurückzieht." Kurze Pause, der Richter fixiert mich mit seinem Blick.

Mein Anwalt stößt mich an. „Martin, du musst jetzt etwas sagen, das ist extrem wichtig. Aber überlege dir genau, was du sagen willst!"

Er erhebt sich, sieht zum Gericht hinüber: „Hohes Gericht, mein Mandant möchte eine Erklärung abgeben".

„Angeklagter, Sie haben das Wort!", sagt der Vorsitzende Richter.

Ich stehe von meinem Platz auf, sehe in die Runde. Mein Blick saugt sich geradezu an Tanja fest, an Tanja, mit der ich so wunderbare Jahre verbracht habe und die jetzt so sehr leidet, wie ich zu erkennen meine. Sie erwidert meinen Blick nur kurz, dann senkt sie wieder die Augen.

„Hohes Gericht! Ich danke Ihnen allen für die faire Behandlung, mit der Sie versucht haben, die Tat vom 28. März letzten Jahres zu bewerten. Die Staatsanwaltschaft hat sich akribisch bemüht, meine Schuld auf der Basis der polizeilichen Ermittlungen nachzuweisen.

Mein Verteidiger, der mich auch als Freund schon lange kennt, versuchte an den vorhergehenden Verhandlungstagen die mir gemachten Tatvorwürfe zu entkräften. Es gelang ihm nicht sehr gut, allerdings muss ich sagen, dass er natürlich auch er nicht in mich hineinschauen kann. Der Nebenklage kann ich keinen Vorwurf machen, ist sie doch von meiner Schuld an den Ereignissen damals fest überzeugt, und der Gutachter hat zu Recht festgestellt, dass ich voll schuldfähig bin.

Hohes Gericht, Sie werden jetzt über mein weiteres Leben zu befinden haben – Sein oder Nichtsein, Schuld oder Unschuld – das sind Ihre Aufgaben. Gehen Sie in Ihre Beratungen und fällen Sie ein weises Urteil. Jedoch: bevor Sie sich zurückziehen, möchte ich Ihnen noch etwas mit auf den Weg geben.“

Der Vorsitzende Richter schaut etwas verwirrt, ja verärgert, wegen meines 'Fast-Plädoyers': „Kommen Sie zum Schluss, Angeklagter, halten Sie keine Vorträge!“

„Mein letztes Wort ist, Hohes Gericht: Ich bin am Tode des Beat Holsten unschuldig!“

Ein Raunen geht durch den Gerichtssaal. Ich sehe Tanja, wie sie sich durch die Sitzreihe zum Ausgang drängt, den Saal verlässt.

Der Vorsitzende Richter und die anderen sehen sich verwundert an.

„Das Gericht zieht sich zur Beratung zurück."

Seine Stimme, die stets sehr souverän klang, wirkt auf mich leicht verunsichert.

Das Gericht erhebt sich von den Plätzen, verlässt den Saal, der Vorsitzende Richter vorweg. Ich nehme wieder Platz, Thomas, mein Anwalt, sieht mich erstaunt an: "Was zum Teufel hast du mir, hast du uns verschwiegen?"

Ich werde in einen Nebenraum geführt, Thomas darf mich begleiten.

Nach etwa zwei Stunden, die mir wie eine Ewigkeit erscheinen, ist eine Stimme auf dem Flur und im Saal zu hören: „Bitte nehmen Sie zur Urteilsverkündung Ihre Plätze wieder ein."

Das Gericht betritt erneut den Saal, setzt sich würdevoll, der Vorsitzende Richter bleibt stehen.

„Angeklagter, das Gericht hat seine Entscheidung getroffen." Er macht eine kleine Denkpause, setzt sich kurz, blättert in seinen Unterlagen. Dann nickt er dem Protokollführer zu, bedeutet ihm, dass Zuhörer und Prozessbeteiligte zur Urteilsverkündung aufstehen mögen, erhebt sich zur Verkündung meines künftigen Schicksals erneut von seinem Platz.

„Im Namen des Volkes ergeht folgendes Urteil: Aus den vor der Urteilsfindung ausgeführten Plädoyers haben wir uns, auch unter besonderer Berücksichtigung des Schlusswortes des Angeklagten, ein Bild seiner Persönlichkeit und des Tathergangs machen können.

Nach ausführlichen Beratungen, und glauben Sie mir, wir haben es uns als Gericht, auch angesichts Ihres bis zu der Tat untadeligen Lebenswandels, nicht leicht gemacht. Die Entscheidung des Gerichts wurde einstimmig getroffen, gegen dieses Urteil können Rechtsmittel eingelegt werden. Die Kosten des Verfahrens trägt der Angeklagte."

Alles, was jetzt folgt, verschwimmt in meinem Kopf zu einem Brei aus Angst, Resignation, Schuldgefühlen und Verzweiflung – ich höre die Worte des Urteils und der darauffolgenden ausführlichen Begründung, bin aber nicht in der Lage, sie intellektuell zu deuten.

„Der Angeklagte wird für schuldig befunden ...gemäß § 227 StGB ...schweren Fall ... vorsätzliche Körperverletzung mit Todesfolge zum Nachteil des Beat Holsten ... Eine besondere Schwere der Schuld war nicht zu erkennen", usw., usw.

Nur ein Wort aus dem ersten Satz der Urteilsbegründung bleibt präsent, und dieses Wort wird mich lebenslang verfolgen, das ist mir schon jetzt absolut klar: „SCHULDIG!"

Irgendwann, nach einer gefühlten Ewigkeit, senkt der Vorsitzende Richter die Stimme: „Die Sitzung ist geschlossen. Der Angeklagte ist bis zur Rechtskraft des Urteils wieder in die Untersuchungshaft zurückzuführen."

Das Gericht einschließlich der Schöffen verlässt den Sitzungssaal, danach ist die Sitzung geschlossen. Das Publikum diskutiert noch einige Minuten das Urteil – neun Jahre und sechs Monate Haft. Im Saal kehrt Ruhe ein.

Mein Freund und Anwalt Thomas Rossmann sagt irgendetwas zu mir wie „wir reden später, ich melde mich bei dir – wir werden Rechtsmittel einlegen", dann zieht er die Robe aus, rollt sie zusammen, packt sie zusammen mit seinen Unterlagen in die dunkelbraune Aktentasche, verlässt ebenfalls den Sitzungssaal, nicht ohne mir noch „Kopf hoch, mein Freund, das ist noch nicht das Ende!" zuzurufen.

Ich werde wieder gefesselt, die Beamten verlassen mit mir den Ort meiner größten Demütigung.

Der direkte Weg zum Hof des Gerichtsgebäudes ist meinen beiden Bewachern und mir verwehrt. Um zum Transportwagen zu gelangen, müssen wir wegen irgendwelcher Bauarbeiten über den breiten Flur vor den Sitzungssälen gehen, begafft von neugierigen Besuchern.

„PAPA …!", gellt ein Schrei zu meiner Überraschung aus dem Munde meiner Anna, meiner geliebten Tochter, über den Flur. „PAPA!"

Ich bleibe stehen, drehe mich um, der Beamte, der mich führt, sieht mich unwirsch an, reißt an meinem Arm. Nur etwa zwanzig Meter entfernt stehen meine inzwischen recht groß gewordene Anna und Tanja. Das tränenüberströmte Mädchen wird von ihrer Mutter mit versteinertem, unbewegtem Gesicht am Arm festgehalten, von mir fortgezogen.

Noch einmal gellt der Schrei des Mädchens – es scheint mir wie ein Hilfeschrei – über den langen Flur, vielfach als Echo von den Wänden des alten Gemäuers zurückgeworfen.

„Papaaa!"

Die Beamten zerren mich durch eine Seitentür in ein enges Treppenhaus, Kontakte zur Familie sind mir ab sofort nur mit richterlicher Erlaubnis gestattet. Meine erbärmliche Zukunft hat gerade erst begonnen, was mag noch alles auf mich zukommen?

Welche Zukunft? Habe ich eine erwähnenswerte Zukunft?

Teil 2

2 Ouvertüre

Ende 2001

D as Haus Winkler in einer ruhigen Seitenstraße des Villenviertels stammt aus den dreißiger Jahren des letzten Jahrhunderts, als Martins Eltern es mit einem schönen Blick auf die Dobbenwiesen bauen ließen.

Einige Stufen führen von einem kleinen Vorplatz hinauf zu einer dunklen Eichentür, stilvoll mit Messingbeschlägen und einem Türklopfer in Form eines Pferdehufes versehen – Martins Vater war ein Pferdenarr. Öffnet sich die Tür, wird der Blick in eine hohe, geräumige Eingangshalle frei, von der die verschiedenen Räume zu erreichen sind. Die imposante Halle ist stilvoll, aber sparsam mit eichenen Möbeln ausgestattet, jedes Teil steht exakt am optisch richtigen Platz.

Geradeaus führt ein Gang durch eine gläserne Tür zum großen Garten hinter dem Haus, der von Martha wunderschön mit kunstvoll arrangierten Büschen und Blumenrabatten gestaltet wurde.

Nach dem Tode seiner ersten Frau Martha hat sich Martin in seinem wunderschönen Haus geradezu vergraben. Als sie noch gesund war, wurden in Haus und Garten wunderschöne Feste mit Freunden und Geschäftspartnern gefeiert. Er kann sich an so viele schöne Stunden erinnern, die Alben mit den Fotos hat er ein ums andere Mal angesehen und in sich „hineingetrauert", wie Frau Bliemel immer sagt.

Frau Bliemel ist die gute Seele des Hauses – so jedenfalls

hat schon Martha sie immer bezeichnet. Sie kümmert sich um das leibliche Wohl der Bewohner und Gäste, hält Haus und Garten, manchmal gemeinsam mit Handwerkern, in Ordnung. Ohne sie wäre Martin verloren, nachdem seine Frau vor längerer Zeit an einem Krebsleiden verstorben war. Nach ihrem Tod war Martin tagelang nicht ansprechbar, bis er sich entschied, die Arbeit in seiner Firma wieder aufzunehmen.

Die Männerfreundschaft zwischen ihm und Thomas Rossmann hat ihm in dieser Zeit sehr geholfen, seine Einsamkeit und Trauer zumindest ein wenig zu verarbeiten.

„Du musst endlich wieder einmal raus aus deiner Höhle, mein Freund, ich sehe mir das nicht mehr lange mit an!"

Thomas Rossmann, seines Zeichens Strafverteidiger und guter alter Freund von Martin, nahm einen Schluck von dem guten Roten, den er sich und seinem Gast kredenzt hatte.

„Ständig sitzt du nur in deinem Haus und grübelst vor dich hin, oder du bist im Büro und vergräbst dich hinter deinen Projektunterlagen!"

Martin setzte noch seinen Bauern von g7 auf g5, reagierte so auf den ersten Zug von Thomas.

Sie hatten sich, viel zu selten eigentlich in den vergangenen drei Jahren, endlich wieder einmal zu einer Schachpartie bei Martin zusammengesetzt. Seit dem Tod seiner geliebten Martha hatte er sich völlig zurückgezogen. Keine Theaterbesuche mehr, keine Urlaubsreisen, kaum Besuche von und bei Freunden – er war zu einem richtigen Eigenbrötler geworden!

„Du hast vielleicht Recht, mein Lieber, aber mir fehlt für irgendwelche Freizeitaktivitäten jeder Schwung! Es ist so leer geworden in meinem Haus, Martha hat unsere privaten Kontakte immer sehr gepflegt, du weißt von den fröhlichen Gesellschaftsabenden in Haus und Garten, es war immer so wunderbar! Du hast Recht, ich wiederhole mich: Ich bin sehr einsam.

Wenn du nicht wärest, der mich immer wieder aus meinem Loch holt ..."

„Na, na, als Loch würde ich deine wunderbare Hütte hier im Villenviertel ja nun nicht gerade bezeichnen! Aber dieses Haus braucht mal wieder ein wenig Leben, wenn du verstehst, was ich meine, mit einer älteren Haushälterin ist es nicht getan! Ich setze dir jetzt ein Ultimatum, lieber Martin: Wenn du noch einmal mit mir beim Schach zusammensitzen willst, musst du vorher eine richtige schöne Urlaubsreise machen, damit du auf andere Gedanken kommst!"

„Du bist heute ziemlich unfair auf diesem Gebiet mir gegenüber! Wie soll ich das denn machen, die Firma braucht mich, und ich wüsste auch nicht, wohin ich reisen sollte. Nein, nein, ich werde hier zuhause versuchen, wieder seelisch 'auf die Beine zu kommen', du hilfst mir ja schon jetzt dabei."

„Martin, ich bleibe bei meiner Meinung: Du musst raus, ein wenig weite Welt schnuppern – sonst gibt es keine Schachpartie mehr hier! Du musst nicht unbedingt auf die Malediven oder nach Hawaii zum Surfen – wie wäre es mit Kultur? Vielleicht Ägypten?"

„Was soll ich denn da so allein? Mich mit vergammelten Mumien unterhalten? Ich will nicht!"

Während der Unterhaltung ging die Partie weiter, allerdings war Martin einigermaßen unkonzentriert – er gab sich auf allen Feldern geschlagen.

„Du gehst morgen in ein Reisebüro und informierst dich erst einmal, und dann sehen wir weiter. Denk an mein Ultimatum!" Er zieht erneut mit dem Springer. „Und übrigens: Schach!" Ein triumphierender Blick trifft Martin. „Und matt!"

„Du hast gewonnen, mein lieber Freund, morgen buche ich eine Reise. Aber wehe dir: bei unserer nächsten Partie gehst du jämmerlich baden!"

3 Der Himmel über der Wüste

Frühjahr 2002

Martin hatte sich den Rat seines besten Freundes tatsächlich zu Herzen genommen und eine Pauschalreise nach Ägypten gebucht. Insgesamt sechzehn Tage in Kairo und Luxor sollten es werden, verbunden durch eine einwöchige Fahrt durch die Libysche Wüste. Seine Pflichten im Büro hatten seine Mitarbeiterinnen und Mitarbeiter übernommen, größere Schwierigkeiten waren nicht zu befürchten.

„Soll ich dich zum Flughafen bringen, damit du vor der Reise nicht noch abspringst?" fragte ihn Thomas am Abend vor Reisebeginn, als sie eine vor einigen Tagen begonnene Schachpartie zu Ende spielten. „Nein, mein Freund, danke für dein Angebot. Ich nehme den Wagen nach Hannover, da startet der Zubringerflug nach Frankfurt – und ich werde ganz bestimmt nicht abspringen!"

Der Flug mit Egypt Air ab Frankfurt nach Kairo verlief problemlos, trotz der uralten, in der Kabine mit einer Blümchen-Tapete dekorierten alten Boeing-Maschine. Bereits die Ankunft in der aufregenden, hektischen und für ihn ziemlich exotischen Stadt beeindruckte ihn sehr – sie war so ganz anders als die Städte in der westlichen Welt, die er aus beruflichen Gründen in der Vergangenheit besucht hatte.

Das Hotel war gut und einigermaßen komfortabel, das Personal und der in der Hotelhalle Dienst tuende Polizist freundlich und höflich – alles schien gut zu werden.

In den Tagen in Kairo wollte er 'in Eigenregie' die riesige, quirlige Stadt erkunden, natürlich die Pyramiden samt Sphinx, die Zitadelle mit der wunderbaren Alabaster-Moschee, das Koptische Museum auf dem Gelände der römischen Festung „Babylon" und noch vieles mehr standen auf seinem Besuchsprogramm.

In der Stadt war er immer mit einem Taxi unterwegs, er mietete sich einen Wagen mit Fahrer jeweils zum Tagessatz, soweit man überhaupt von Tarifen sprechen konnte. Zu seinem Erstaunen kamen die Fahrer immer wieder zur rechten Zeit zum verabredeten Zeitpunkt zurück, nachdem er die jeweilige Sehenswürdigkeit ausführlich besichtigt hatte –die Preise hielten sich in Grenzen.

Die fünf Tage in Kairo, die den Auftakt der Reise machten, waren ausgefüllt mit Besichtigungen, die vielen Eindrücke waren schon verwirrend. Der quirlige Straßenverkehr, der anscheinend ohne alle Regeln stattfand, erstaunte ihn ein ums andere Mal.

Wenn er freie Zeit im Hotel verbrachte, zum Beispiel zwischen zwei Besichtigungsvorhaben, schrieb und zeichnete er in seinem Reiseskizzenbuch. Viele der Seiten wurden mit Zeichnungen der Gebäude und Denkmäler ausgeschmückt, ergänzt jeweils um Notizen zu Zeit und Ort.

Am vorerst letzten Abend in Kairo vor der gebuchten Wüstentour saß er in der Lobby des Hotels und skizzierte gerade das sehr beeindruckende Stadttor Bab Zuweila, als *SIE* in einem der Sessel der Sitzgruppe ihm gegenüber Platz nahm.

„Guten Abend, verzeihen Sie bitte die Störung, aber Sie sind doch auch aus Deutschland?" sprach sie ihn mit einer Stimme an, die ihn bei seiner Antwort stottern ließ.

„Jjjja, bin ich – dddarf ich mich vorstellen? Mmmein Nnname ist Martin Winkler aus Oldenburg."

„Aus welchem Oldenburg?"

„In Oldenburg."

„Schade, der andere Ort ist näher an Kiel, dort lebe ich!"

Ein Lächeln, nein, DAS Lächeln huschte wie ein Frühlingswind über ihr Gesicht.

„Ich bin Tanja, Tanja Beiling, ich freue mich." Sie war sich ihrer Wirkung auf Männer durchaus bewusst und schien sich über seine Verlegenheit ein wenig zu amüsieren.

Martin war normalerweise ziemlich redegewandt, aber bei dieser Frau verschlug es ihm die Sprache. Sein Beruf, in dem er häufig Projekt-Präsentationen der entwickelten Produkte seiner sehr erfolgreichen Firma vorzunehmen hatte, erforderte eine gute Rhetorik und Ausdrucksweise, aber hier und heute hatte der Eindruck, den diese Frau auf ihn machte, ihm fast die Sprache verschlagen. Ihre Stimme, ihr wie aus feinstem Porzellan geformte Gesicht, die langen blonden Haare, die anscheinend perfekte Figur – er fand keine Worte für einen Smalltalk.

„Sind Sie Künstler? Darf ich mal sehen, was Sie gerade gezeichnet haben?"

Ohne eine Antwort abzuwarten, erhob sie sich von ihrem Sessel, trat ganz nahe an ihn heran, beugte sich über sein Reiseskizzenbuch. Ihr dezentes Parfum ließ seinen Atem stocken – „Welch eine Frau!".

„Oh, das Bab Zuweila, sehr schön, ich habe es mir gerade gestern angesehen, Herr Winkler, sehr schön", ihre Stimme jagte ihm Schauer über den Rücken, „darf ich die anderen Zeichnungen auch sehen?"

Martin nickte wortlos und überreichte ihr das Heft, in dem sie sehr interessiert blätterte und ein ums andere Mal begeisterte Worte fand: „Haben Sie schon einmal überlegt, so etwas beruflich zu machen? Die Zeichnungen sind wirklich wunderschön!"

„Ach, wissen Sie", Martin hatte seine Sprache wiedergefunden, „das ist nur ein kleines Hobby von mir. Früher, als ich noch mit meiner verstorbenen Frau gereist bin, habe ich dazu auch noch Texte formuliert – so sind damals richtige Reiseberichte entstanden. Aber seit ihrem Tode ..."

Martin schluckte ein wenig, ein genauer Beobachter hätte die Tränen in seinen Augen entdecken können, aber so genau schaute ihm Frau Beiling nicht ins Gesicht, sie blätterte noch immer im Skizzenbuch.

„Oh, das tut mir sehr leid, Herr Winkler", war dann schließlich doch ihre Reaktion.

Es wurde im Hotel in Kairo ein langer Abend mit langen, intensiven Gesprächen. Zu Martins Überraschung wurde er bei der Verabschiedung von Frau Beiling gefragt: „Nehmen Sie morgen auch an der Wüstentour teil?"

Martin konnte sein Glück kaum fassen. Mit dieser Frau gemeinsam unterwegs sein, das war mehr, als er zu träumen gewagt hatte. Es war ihm gerade noch möglich, zustimmend zu nicken!

Nach einer kurzen, von Träumen an Frau Beiling geprägten Nacht, die wie die vorhergehenden Nächte durch die lautstarken Gebetsrufe der Muezzin bei Beginn der Morgendämmerung abrupt beendet wurde, erwachte er, noch todmüde. Die Dusche weckte seine Lebensgeister, vor allem, weil das warme Wasser nach etwa dreißig Sekunden versagte - dennoch: Es würde ein schöner, ein guter Tag werden, wenn er an seine neue Bekannte dachte …

Der Morgen fand Tanja Beiling und Martin wie zufällig am selben Frühstückstisch – allerdings, so muss man sagen, hatte Martin an einem freien Tisch im Frühstücksraum auf den Moment gewartet, in sie die Halle und anschließend den Frühstücksraum betrat. Ihre Augen schweiften umher, so, als hielte sie nach ihm Ausschau. Sie entdeckte ihn und kam zielstrebig zu ihm an den Tisch.

„Guten Morgen, Frau Beiling!"
Er war ein wenig aufgeregt, ob sich die angenehme Situation von gestern Abend heute wiederholen liesse?
„Hallo, Herr Winkler, guten Morgen. Haben Sie gut geschlafen? Sie sehen noch etwas müde aus."
„Danke für Ihre Nachfrage, ja, doch, sehr gut – aber die Rufe der Muezzin bei Sonnenaufgang. Wollen Sie sich zu mir setzen?"
„Sehr gern, Herr Winkler, vielleicht können wir ja heute unser interessantes Gespräch von gestern Abend fortsetzen?"
Sie hatten über die Sehenswürdigkeiten dieser niemals schlafenden Stadt und ihre wunderbaren Moscheen, die Zitadelle, das koptische Museum und noch so vieles gesprochen ...
Natürlich willigte er sofort ein – er konnte ihr schließlich unmöglich davon erzählen, dass sie seine Träume in der vergangenen Nacht beherrscht hatte. Diese Frau hatte ihn, daran hatte er keinen Zweifel, in ihren Bann gezogen.
Er nahm sich etwas umständlich Kaffee aus der auf dem Tisch stehenden Kanne.

„Haben Sie schon genaue Informationen, wann die Tour durch das New Valley beginnt? Wir haben dann ja vielleicht Zeit, unsere Bekanntschaft im Bus zu vertiefen, wenn Sie möchten!" Tanja sah ihr Gegenüber intensiv an, dem fast das

Croissant aus der Hand fiel.

„Äh, ja, ich meine, so etwa um zehn, steht am Infobrett." Martin war im Beisein dieser Frau sofort verwirrt. „Reiß dich zusammen, Martin!", ging ihm durch den Sinn.

Das Frühstück war irgendwann zu Ende, sie gingen zum Lift, fuhren in die vierte Etage, in denen ihre Zimmer lagen. Martin war vom dezenten Duft ihres Parfums, von ihrer ganzen Erscheinung erneut irritiert. Er war versucht, diese Frau zu küssen – die Tür des Liftes, der sich gerade öffnete, verhinderte es gerade noch!

„Bis gleich! Und bitte vergessen Sie nicht Ihr Skizzenbuch, es wäre schade", gurrte ihre sanfte Stimme.

„Bis gleich!"

Auch Tanja fühlte sich von der Nähe des Mannes sehr angezogen – nach einer aus ihrer Sicht vorhergehenden unerfreulichen Beziehung war sie jetzt einem näheren Kennenlernen Martin Winklers nicht abgeneigt. „Interessanter Typ, ein bisschen zu alt eigentlich, anscheinend vermögend, gebildet – ich glaube, ich will ihn für mich gewinnen."

Pünktlich um zehn Uhr stand der Bus vor der Tür – nein, kein Bus, sondern da standen zwei mit jeweils vier, fünf Sitzreihen ausgestattete, geländegängige ehemalige Militär-Lkw.

Nach dem Verstauen ihres Gepäcks auf dem Dach durch den Fahrer und den Reiseleiter enterten sie den Wagen und nahmen Platz, nachdem sie sich den anderen Fahrgästen vorgestellt hatten.

Die Mitreisenden sahen neugierig zu ihnen herüber, als sie zustiegen und sich setzten.

In der ersten Reihe, direkt hinter dem Fahrer, saß ein älterer Herr mit einem jungen Mann an seiner Seite – Vater und Sohn, wie sich später herausstellte, auf der anderen Seite des Mittelganges der Reiseleiter, neben ihm ein Holztablett mit einem riesigen Berg frischgebackener Fladenbrote, deren Duft durch das ganze Fahrzeug zog.

Hinter ihm war ein älteres Ehepaar zu finden, sehr gut informiert über die Pharaonen und die ägyptische Götterwelt, was der ganzen Gruppe manches Mal von Nutzen war. Die zweite Reihe wurde komplettiert durch zwei Damen mittleren Alters, pensionierte Gymnasiallehrerinnen aus Wanne-Eickel, die im Verlaufe der Tour etwas 'nervig' wurden, weil sie die Organisation von Essen und Schlafen und überhaupt das ganze Programm mit kritischen Kommentaren versahen.

Die dritte Reihe war von zwei fröhlichen jungen Paaren belegt. Sie kannten sich anscheinend schon längere Zeit und hatten diese Reise gemeinsam gebucht. Wie sich später herausstellte, waren es Studenten und Studentinnen aus Hamburg – hier herrschte vom ersten Augenblick an ein fröhliches Miteinander.

Die meisten der Sitzreihen in 'ihrem' Wagen waren also bereits von anderen Mitreisenden besetzt, so dass Frau Berger und Herrn Winkler nur noch die Plätze in der letzten Reihe blieben, eine Tatsache, die beiden nicht unangenehm war – blieben die Sitze neben ihnen doch leer.

„Wollen wir uns nicht duzen? Wir werden doch in den nächsten Tagen viele Stunden miteinander verbringen." Die Initiative ging schon wieder von Tanja aus.

„Sehr gern, ich bin Martin!"

„Und ich heiße Tanja. Und jetzt fehlt noch der Bruderschaftskuss!"

Tanja schlang die Arme um ihn – ihr Kuss war deutlich mehr als eine „Verbrüderung", das war ein Versprechen, nein, eher eine Verheißung!

„Oh!", war seine Reaktion auf diese Aktion seiner Begleiterin.

Sie sah ihn an, mit einem langen intensiven Blick aus ihren grünen Augen. Ihr Haar fiel in Locken über ihre Schultern, ihr dezent geschminkter, noch leicht geöffneter Mund versprach mehr.

„Du sagtest 'oh', Martin? Ist etwas nicht in Ordnung?"

Martin sah ihr in die Augen, versank fast darin. Dann nahm er sich ein Herz und küsste sie erneut, intensiv, lange. Von dieser Minute an war er dieser Frau völlig verfallen.

Die Fahrt ging zunächst fast ausschließlich auf asphaltierten Straßen durch die Libysche Wüste. Zunächst lag die große Oase Baharia auf der Fahrtstrecke. Nach etwa 100 Kilometern traf die kleine Safari auf den ersten von noch vielen folgenden Militärposten, denen der Reiseleiter jeweils die Liste der Fahrtteilnehmer zu zeigen und das nächste Ziel zu nennen hatte – eine Folge der faktischen Militärherrschaft im Lande und auch der permanenten Angst der Regierung vor Terroristen geschuldet.

Ein rustikales Mittagessen abseits der Piste in dem kleinen Ort El-Haĩz, von den Dorfbewohnern auf ausgelegten Decken und Planen liebevoll angerichtet, führte die ganze Reisegruppe weiter zusammen. Die Weiterfahrt ging über El-Bawiti, die 'Hauptstadt' der Oase mit ihren ca. 30.000 Einwohnern zu ihrem Nachtcamp in unmittelbarer Nachbarschaft eines kleinen Dorfes. Beim Abendessen, von den Frauen des Dorfes zuvor gekochtes und danach gegrilltes Hühnerfleisch und Tee, sehr süß und mit Minze verfeinert, fanden sich insbesondere die Kinder des Dorfes in unserer „Touristen-Runde" ein.

Die Übernachtung am Rande des Dorfes sollte in Zelten

stattfinden, die Reiseleiter hatten dafür sogar Schlafsäcke bereitgestellt, denn die Nächte in der Wüste waren kühl.

Es gab keinen Grund, weshalb Tanja und Martin getrennt schlafen sollten, aber es ergab sich so. Tanja zog zusammen mit einer jungen Frau aus dem anderen Fahrzeug in eines, Martin gemeinsam mit dem älteren Herrn aus der ersten Reihe in ein anderes Zelt, dessen Sohn zog es vor, im Wagen zu übernachten.

Romantik pur war von den Organisatoren vorgesehen, deshalb sollte auch die zweite Übernachtung der Tour in Zelten am Fuße einer großen Sicheldüne erfolgen. Zunächst aber mussten die Zelte aufgebaut werden, für jeweils zwei Personen war eines vorgesehen.

„Welch eine glückliche Fügung, sollte ich diesmal tatsächlich mit meiner Traumfrau gemeinsam in einem Zelt übernachten 'müssen'?", dachte Martin und freute sich auf den weiteren Abend. Eine fröhliche Runde am Lagerfeuer, auf dem Weg eingekauftes Bier und mehr oder weniger geistreiche Gespräche, immer wieder durch herzliches Lachen unterbrochen, machten diesen ersten Abend für alle zu einem ganz besonderen Erlebnis.

„Wollen wir uns den Sternenhimmel ansehen, Martin? Er soll in der Wüste besonders intensiv sein", fragte Tanja ihren Begleiter, der seit ihrer Ankunft hier im Camp nur während des Aufbaus der Zelte von ihrer Seite gewichen war.

„Ja, sehr gern." Seine Antwort war kurz, beide erhoben sich sofort.

„Geht nur so weit, dass ihr unser Feuer noch sehen könnt", wurden sie vom Reiseleiter ermahnt, „es hat sich im Dunkel schon manch einer in der Wüste verlaufen und wir mussten ihn dann suchen!"

„Keine Sorge, wir gehen nicht weit, nur kurz ins Dunkel, den Himmel anschauen", antwortete ihm Martin.

Hand in Hand gehend verließen die beiden das Lagerfeuer,

gingen aufs Geratewohl in die Wüste. Schon nach etwa zwanzig, dreißig Schritten waren die Gespräche und das Lachen der Reisegruppe nicht mehr zu hören, aber das Feuer könne ihnen jederzeit den Weg weisen, meinte Martin.

Tanja blieb abrupt stehen, als sie noch ein Stückchen weiter in diese absolute Dunkelheit gegangen waren.

„Schau mal, diese vielen Sterne, das sind viel mehr als bei uns zuhause, denke ich."

„Es liegt wahrscheinlich an der absoluten Schwärze, dieser totalen Finsternis um uns herum, es gibt ja keine störenden Lichtquellen hier wie in unseren großen Städten", meinte Martin sachlich, während sie einige Schritte weiter in die Wüste hineingingen. „Ich sehe nicht einmal mehr das Lagerfeuer im Camp." Dann nahm er Tanja unvermittelt in die Arme. Der darauffolgende Kuss ließ ihn schwindeln.

Tanja löste sich von ihm, zog sich ihr Shirt über den Kopf, drehte sich um, so dass er hinter ihr stand. Dann nahm sie seine Hände, legte sie auf ihre kleinen, mädchenhaft festen Brüste. Martin wusste nicht, wie ihm geschah – welch eine Frau!

„Komm, lass uns in eines von unseren Zelten gehen", stieß er mit rauer Stimme hervor.

„Und wo ist das? Wo steht unser Zelt?" Sie sahen sich um. Das Lagerfeuer schien schon erloschen, das Lachen der Reisegruppe verstummt.

„Verdammt, wo sind wir?"

„Wenn wir ganz leise sind, können wir vielleicht etwas hören." Tanja legte ihre Hand auf seinen Mund. „Ja, dort, in dieser Richtung, da war ein Geräusch."

Martin trat hinter sie, umfasste sie erneut.

„Schluss jetzt, sonst werden wir hier übernachten müssen und irgendwann verdorren, komm, wir gehen in Richtung auf das Geräusch!"

Sie nahm energisch seine Hände von ihren Brüsten, zog das

Shirt wieder an. Tatsächlich, sie hatte recht gehabt, dort war das Lager …

Zurück bei der Reisegruppe tranken sie noch jeweils eine Flasche von dem mitgeführten Bier, bevor es sie in ihr gemeinsames Zelt drängte. „Schau mal, Tanja, ein Fennek ist um das Zelt geschlichen, er hat wahrscheinlich etwas Essbares gesucht."

„Das ist mir jetzt ganz egal, komm!", war ihre vielversprechende Antwort.

Außerhalb der Zelte war es eine kalte Nacht, aber Tanja und Martin froren nicht, sie waren voneinander gefangen ...

Die Reise ging am nächsten Morgen weiter zur nächsten Oase auf der geplanten Tour – auf der letzten Bank ein unzertrennliches verliebtes Paar.

Die Weiterfahrt durch die libysche Wüste war spannend. Sie ging durch Farafra, zu den bizarren Gebilden der weißen Wüste, nach Dhakla und Kharga und sorgte für viele interessante Eindrücke aus dem Leben der Oasen und ihrer Bewohner. Letzter und südlichster Punkt war, nur über eine Schotterpiste erreichbar, Qasr Dusch mit Ruinen aus der Ptolomäerzeit, danach erfolgte die Fahrt in östlicher Richtung zum Nil nach Luxor. Bei den Zwischenstopps und auch an den frühen Abenden füllte Martin Seite um Seite seines Skizzenbuches – aber er zeichnete nicht nur die Sehenswürdigkeiten, auf vielen Blättern fanden sich Zeichnungen seiner neuen großen Liebe.

Die meisten Leute der Gruppe fuhren mit den Fahrzeugen weiter nach Hurghada zum Badeurlaub, der kleinere Teil der Gruppe, zumeist die Älteren, blieb in Luxor.

Statt zwei Einzel- nahmen sie natürlich ein Doppelzimmer in dem schönen alten Hotel 'Victoria', in dem vom Reiseveranstalter entsprechend reserviert worden war. Ihre gemeinsamen Interessen hatten sie schon in den stürmischen Nächten im Zelt 'ausgelotet'.

Die Nächte in Luxor waren mit liebevollem Beisammensein, die Tage mit Besichtigungen ausgefüllt: der Karnak-Tempel, eine Fahrt mit dem Heißluftballon nach Abu Simbel, der Tempel der Hatschepsut und natürlich das Tal der Könige waren ihre Ziele, nicht zu vergessen die Memnon-Kolosse und der große Ramses-Tempel. Hin und wieder, aber sehr selten, liefen ihnen Freunde, die sie auf der Tour gewonnen hatten, über den Weg – dauerhafte Kontakte hatten sich daraus jedoch zu Martins Bedauern nicht ergeben.

Wann immer aber sich eine Gelegenheit bot, liebten sie sich, mit einer Intensität, die Martin so noch nicht kennengelernt hatte. Die ganze Reise war der wunderbare Beginn ihrer großen Liebe, die später in einer zunächst sehr glücklichen Ehe fortgesetzt wurde – aber das wussten sie zu diesem Zeitpunkt noch nicht, jedenfalls hatte Martin nach dem Verlust seiner Martha keinerlei derartige Gedanken oder sogar Pläne. Er genoss einfach das Beisammensein mit Tanja …

4 Glückliche Zeiten

Frühjahr 2002

Auch diese Reise endete, wie so viele, mit einem Abschied. Während sich die verbliebenen Mitreisenden der Gruppe nach dem Verlassen der Maschine in alle Winde zerstreuten, kam nun eigentlich auch für Tanja und Martin der Zeitpunkt des Abschieds. Sie waren sich in den vergangenen Tagen so nahegekommen, wie es zwei Liebende nur sein können, umso schwerer fiel ihnen die Trennung am Flughafen von Hannover, an dem ihre gemeinsame Reise eigentlich zu Ende gegangen wäre.

Sie hatten während des Fluges keine Pläne für die kommende Zeit geschmiedet, lebten selbst in diesen drei Stunden an Bord des Fliegers nur im Hier und Jetzt. Beide fürchteten, dass ihre große Liebe mit der Landung enden würde, also keine Zukunft hätte. Der über Vierzigjährige und die etwa Fünfundzwanzigjährige. Der erfolgreiche Geschäftsmann und das studierte Partygirl. Der ernsthafte, sensible, oftmals grüblerische Mann und die fröhliche, allem Schönen aufgeschlossene junge attraktive Frau.

Sie hatten beide nur wenig Gepäck auf die Reise mitgenommen, es war ihnen so wegen der Wüstentour von ihren jeweiligen Reisebüros empfohlen worden, und so entfiel im Flughafengebäude das lästige Warten auf die Koffer.

Martin hatte seinen Wagen für die Zeit der Reise im Parkhaus abgestellt, und Tanja hatte „Fly and Rail" gebucht und musste zum Hauptbahnhof, sie wollte mit der S-Bahn dorthin fahren.

Sie schmiegte sich an ihn: „Bringst du mich noch?" Sie sah ihn bittend an. Die halbstündlich fahrende Linie 5 fuhr in etwas mehr als einer Viertelstunde vom Untergeschoss des Terminals zum Bahnhof.

Martin hielt sie fest in seinen Armen, ihr Duft, den er so sehr liebte, umfing ihn. Er überlegte einen Augenblick, nein, länger. Dann hatte er einen Entschluss gefasst: „Meine Liebste, weißt du was? Ich will nicht auf dich verzichten, ich will dich solange als möglich bei mir haben. Ich liebe dich! Und deshalb werde ich dich nach Kiel bringen, dann sehen wir weiter. Komm, mein Auto wartet schon auf uns!"

„Du bist verrückt, Martin, das geht doch nicht, der Umweg ist für dich doch viel zu groß!"

„Keine Widerrede, ich bringe dich nach Kiel! Komm!"

Tanja fiel ihm um den Hals, küsste ihn leidenschaftlich. „Ich liebe dich auch, viel mehr, als ich je einen Mann geliebt habe."

Die umstehenden Passagiere und Besucher, die die Szene zufällig verfolgt hatten, klatschten begeistert Beifall. Martin nahm beide Gepäckstücke und ging einfach los in Richtung Parkhaus – was blieb ihr anderes übrig, als ihm zu folgen?

Die Reihe der Wagen vor der Ausfahrtschranke war ziemlich lang, so dass sie in einem Seitengang warten mussten. Sie blickte ihren Geliebten lange mit ihren wunderschönen grünen Augen an, legte ihre linke Hand auf seinen Oberschenkel. Er kannte diese Art und Weise von ihr, ihn zu etwas Unüberlegtem zu motivieren, in dieser Situation wollte er jedoch einen kühlen Kopf bewahren, nahm ihre Hand und legte sie auf ihren Schoß zurück.

„Tanja, bitte …!"

„Schade, wir hätten doch noch kurz …!"

„Du solltest dich gedulden, bis wir bei dir zuhause sind, Liebste!"

Es ging langsam voran mit der Autoschlange im Parkhaus. „Martin, können wir nicht unterwegs irgendwo Station machen?" Tanjas Sehnsucht nach ihm und seiner Liebe schien grenzenlos.

Endlich waren sie an der Schranke angekommen. Martin konnte sein Ticket in den Automaten einführen, dann starteten sie endlich in Richtung Autobahn.

Wenn man von den üblichen Staus gerade am frühen Nachmittag im Großraum Hamburg absieht, verlief die Fahrt nach Kiel zügig und problemlos. Vor Tanjas Wohnung angekommen, lud sie ihren Martin selbstverständlich zu sich ein, „auf einen Kaffee", wie sie sagte, er hatte es auch nicht anders erwartet …

„Du bleibst natürlich über Nacht hier, ich werde dich jetzt nicht wieder fahren lassen", bestimmte Tanja, als sie die Wohnungstür öffnete und dann ihre Reisetasche in eine Ecke des Flures warf, „holst du deine Sachen aus dem Wagen? Du kannst ihn auch in die Tiefgarage stellen, ich habe den Platz vierzehn. Ich gehe derweil ins Bad." Mit diesen Worten verschwand wie angekündigt.

Was blieb Martin bei dieser Einladung anderes übrig, als Folge zu leisten? Der Wagen parkte zurzeit direkt vor dem Hauseingang. Er fuhr ihn in die Tiefgarage, nahm seine Tasche und war schon nach wenigen Minuten wieder zurück in der Wohnung. Tanja hatte es bemerkt und rief durch die geschlossene Badezimmertür: „Martin, bringst du deine Sachen ins Schlafzimmer nebenan? Und dann darfst du mir den Rücken abtrocknen!"

Was das 'den Rücken abtrocknen' bedeutete, hatte er schon während der Reise im Hotel in Luxor mit schöner Regelmäßigkeit erfahren dürfen. Anschließend landeten sie regelmäßig im Bett, und so geschah es auch heute.

Die Dämmerung brach schon herein, als sie endlich voneinander lassen konnten. „Wann gibt es denn jetzt den versprochenen Kaffee?", fragte Martin, noch leicht außer Atem von den vergangenen 'Aktivitäten'.

Tanja kam ebenfalls aus ihrem Schlafzimmer. Sie war jetzt nur mit einem knappen Slip und einer völlig durchsichtigen Bluse bekleidet, trat zu ihm. Ihm stockte wieder einmal der Atem, als sie ihn mit leicht rauchiger Stimme fragte: „Ich würde lieber ein schönes Glas Rotwein trinken, bist du dabei?"

Er konnte nur nicken – wie schon so oft verschlug es ihm bei ihrem Anblick die Sprache. Er stand aus dem Sessel auf, in den er sich nach den Liebesstunden gesetzt hatte, und nahm sie in den Arm.

„Nein, mein lieber Martin, das wollen wir jetzt nicht, wir wollen jetzt in Ruhe ein Glas Wein trinken", wehrte sie sein Herandrängen ab, „geh bitte wieder in deinen Sessel!"

„Du treibst mich noch in den Wahnsinn, Tanja! Bitte, bitte zieh dir etwas Anständiges an, du wirst doch nicht wollen, dass ich blind werde!"

Tanja legte ihre Hände hinter den Kopf, provozierte ihn damit erneut, sie zu streicheln, gleichzeitig drehte sie sich aber auf der Stelle um und ging ins Schlafzimmer zurück, aus dem sie vor einigen Minuten erst gekommen war. Nach kurzer Zeit war sie wieder im Wohnzimmer, hatte sich Shorts und einen leichten Pulli angezogen.

„Besser so?"

Martin nickte.

„Ich möchte jetzt wirklich einen Kaffee und keinen Rotwein", meinte er, „der Wein macht mich müde, und das wäre doch schade, oder?"

„Du willst doch nicht etwa…", Tanjas Augen waren ein einziges Fragezeichen. Martin zuckte mit den Schultern: „Wer weiß das schon, meine Geliebte, wer weiß das schon …" Noch nie in seinem Leben hatte er eine Frau so sehr begehrt!

Am nächsten Morgen beim Frühstück sah Martin sehr ernst aus: „Wir müssen reden, Tanja!"

„Müssen wir? Wenn wir nicht reden, kommen wir doch auch wunderbar miteinander zurecht!"

„Doch, wir müssen reden. Ich habe in der Nacht noch lange wach gelegen. Das lag natürlich auch an dir und deinen Liebeskünsten, wenn ich es einmal so sagen darf, aber noch etwas Anderes hat meine Gedanken beschäftigt".

„Darf ich fragen, um was es in deinen Gedanken ging? Das Erste kann ich ja nachvollziehen, ich fand es ja auch wieder einmal ganz wunderbar mit uns, aber was war denn noch?"

„Nun, Schatz, könntest du dir vorstellen, Kiel zu verlassen?"

Tanja sah ihn mit großen Augen an, völlig überrascht von seiner Frage: „Kiel verlassen? Wohin? Was willst du mir damit sagen, Martin?"

„Das ist ganz einfach, Tanja: Du kommst zu mir in meine Heimat. Ich habe ein viel zu großes, viel zu leeres Haus, das ganz dringend auf eine weibliche Hand und auf den süßen Duft einer süßen Frau wartet. Es wartet, glaube ich, genau auf DICH!"

Tanjas Augen wurden bei seinen Worten immer größer. Martin stand von seinem Platz auf, das Croissant war noch nicht zu Ende gegessen. Er ging um den Tisch herum, kniete sich vor ihr auf den Boden: „Tanja Beiling, willst du meine Frau werden, an meiner Seite sein in guten wie in schlechten Zeiten? Willst du mich heiraten?"

Tanja saß bei seinen Worten wie vom Blitz getroffen auf ihrem Stuhl – soweit war sie in ihren Gedanken noch nicht gekommen. Ihre grünen Augen, die ihn immer so faszinierten, leuchteten. Über ihr Gesicht ging ein Strahlen wie nach ihrer ersten gemeinsamen Liebesnacht: „Ja, Martin Winkler, ich will deine Frau werden, die stolze Frau an deiner Seite, die Mutter deiner Kinder, wenn es denn einmal so sein sollte. Ich liebe dich über alles in der Welt, Martin Winkler!"

Sie stand auf, trat an ihn heran, nahm seine Hände, zog ihn zu sich hinauf. Sie nahm seinen Kopf in ihre Hände, küsste ihn inbrünstig, bis es beiden den Atem verschlug.

„Martin, du bist der Traum meines Lebens. Ja, ich möchte auf ewig mit dir zusammen sein!"

Den Vormittag verbrachten die beiden damit, Pläne für die allernächste Zukunft zu schmieden. Tanja hatte zurzeit einen Job, aus dem sie jederzeit aussteigen konnte: Sie arbeitete als Thekenkraft in einer renommierten Diskothek im Zentrum der Stadt. Die Kündigung ihrer kleinen Wohnung gleich hinter der Schleuse des Nord-Ostsee-Kanals, würde auch keine Probleme machen, ein Nachmieter wäre bei der Lage und dem günstigen Mietpreis schnell zu finden.

„Martin, meinst du es wirklich ernst mit deinem Heiratsantrag?" Tanja konnte es immer noch nicht fassen!

„Natürlich! Du bist meine neue große Liebe, Tanja, und ich möchte dich bis ans Ende meiner Tage an meiner Seite haben. Lass uns deinen Wechsel zu mir so schnell wie möglich realisieren. Wenn du willst, beauftrage ich sofort ein Unternehmen mit deinem Umzug zu mir."

„Du meinst es wirklich ernst, Martin Winkler! Am liebsten würde ich sofort mit dir fahren, aber einige Kleinigkeiten habe ich hier doch noch zu erledigen. Für wann hast du dir die ganze Aktion denn vorgestellt?"

„Ich denke, gleich im nächsten Monat. Ich muss nämlich erst einmal einige wichtige Dinge in der Firma erledigen und natürlich das Haus ein wenig auf eine junge, schöne Frau vorbereiten. Und wann wir genau heiraten werden, sollten wir besprechen, wenn du bei mir wohnst und dich ein wenig akklimatisiert hast."

„Ach Martin, ich bin so glücklich! Aber eine ganz wichtige Kleinigkeit vermisse ich, etwas fehlt noch!"

„Sag mir, was, und wir erledigen es sofort, noch heute!"

„Wir sind doch jetzt, nachdem du mir den Antrag gemacht hast, verlobt, oder?"

Martin fasste sich an den Kopf: „Ein Verlobungsring, meinst du? Wie konnten wir das nur vergessen!"

Tanja nickte, küsste ihn auf die Stirn.

„Tanja, komm, wir gehen ihn kaufen. Du musst mir nur sagen, wohin wir fahren müssen, ich kenne mich hier in Kiel ja überhaupt nicht aus …!"

Sie fuhren sofort los, Martin wollte keine Zeit versäumen – natürlich zum „ersten" Juwelier der Stadt. Die Auswahl an Verlobungsringen war riesig, das verliebte Paar konnte sich erst nach langem Zögern entscheiden. Der Ring, zierlich aus Weißgold mit einem lupenreinen Einkaräter auf der Ringschiene, führte noch im Geschäft zu einer ‚Kuss-Attacke' seitens Tanja auf Martin, der sich in seinem Glück sonnte.

„Darf ich gleich Namen und Datum eingravieren lassen? Das gehört zum Service!"

„Vielen Dank, aber das lassen wir machen, wenn wir zusammen wohnen", meinte Martin. Tanja strahlte ihn an, als er ihr den Ring aufsteckte.

„Zahlen Sie bar oder mit Karte?", fragte der Juwelier der Form halber. „Karte natürlich!"

Martin brachte Tanja wieder zurück in ihre kleine Wohnung, in der sich ein Martin sehr bekanntes und von ihm geliebtes Ritual abspielte, bevor er schließlich in Richtung Heimat starten konnte …

Tanja hatte davon gesprochen, dass sie noch einige Kleinigkeiten zu erledigen habe, erinnerte sich Martin. Er hoffte, dass sich diese ‚Kleinigkeiten' nicht allzu lange hinziehen würden, schließlich wollte er seine neue Liebe bald wieder in seiner Nähe haben.

5 Ehe und Job

Sommer 2002 und später

T anja hatte sich wirklich schnell in ihrer neuen Umgebung eingewöhnt, kannte schon nach wenigen Tagen alle Nachbarn, die Einkaufsmöglichkeiten für den täglichen Bedarf in der Umgebung und die schönen Shops und Boutiquen in der Innenstadt, die es ihr besonders angetan hatten Während Martin seiner Arbeit bei NewIT nachging, begann sie, einige Räume des Hauses nach ihren Vorstellungen umzugestalten.

Man musste sagen, dafür hatte sie ein 'Händchen'. Sie verstand es, das alte Mobiliar, das bereits von Martins Eltern stammte, mit neuen, modernen Elementen zu kombinieren – eine gelungene Neugestaltung einiger Zimmer des alten Gebäudes.

Es ging alles ganz schnell. Nur gut fünf Monate nach ihrer ersten Begegnung im Hotel in Kairo heirateten Tanja und Martin. Es war kein rauschendes Fest in irgendeiner exquisiten Location, sondern eine kleine intime Feier im ersten Restaurant am Platze mit einigen wenigen Freunden und sehr guten Bekannten Martins. Tanjas beste Freundin Billie Eilers war aus Kiel angereist, sie und Thomas Rossmann waren die Trauzeugen im Standesamt am Pferdemarkt.

Tanja sah hinreißend aus. Das lange blonde Haar war ihr vom ersten Frisör der Stadt zu einer Hochfrisur aufgesteckt worden, kunstvoll gedrehte Locken fielen an den Seiten fast bis auf ihre nackten Schultern. Das Makeup war sehr dezent und betonte ihre strahlenden grünen Augen, mit denen das enge, ihre schlanke Figur betonende Kleid in der Farbe wetteiferte. Trotz der freien Schultern ließ ihr sehr dezentes Dekolleté mehr ahnen, als es zeigte.

Es wurde ein sehr stimmungsvoller Abend mit hervorragendem Essen, besten Weinen und interessanten, aber auch fröhlichen Gesprächen.

Es ging auf drei Uhr in der Frühe, als Billie in einem Augenblick, in dem Tanja gerade nicht am Tisch war, zu Martin kam: „Vielen Dank, Martin, für die schöne Feier, ich wünsche Ihnen und Tanja für Ihr gemeinsames Leben alles, alles Gute. Ich werde jetzt in mein Hotel fahren, morgen bin ich wieder in Kiel. Gute Nacht!"

Sie drehte sich um, kam noch einmal zu ihm an den Tisch: „Sie wissen schon, wen Sie heute geheiratet haben?" Mit diesen Worten ging sie endgültig und ließ einen etwas verwirrten Martin zurück.

Wenn er aus seinem Büro nach Haus zurückkehrte, hatten sich oftmals Kleinigkeiten, vor allem im Wohnzimmer, verändert. Hier eine moderne Blumenvase, dort eine dekorative Skulptur, dazu Blumenarrangements – Tanja hatte Stil und bewies es ständig. Nach dem Abendessen, das sie im Esszimmer einnahmen, fand sich am Beginn ihrer Ehe sehr häufig die Gelegenheit zu Gesprächen und anschließend zum 'Intensiv-Kuscheln', wie Tanja ihre gemeinsamen Liebesstunden zu bezeichnen pflegte. Im Verlaufe der Monate wurden diese schönen Stunden jedoch immer weniger – die viele Arbeit Martins 'fraß' ihre Liebe.

Eines Tages jedoch zog sie die Reißleine und verweigerte sie sich ihm. Dieser Zustand hielt einige Wochen an bis zu einem entscheidenden Gespräch in gemütlicher Atmosphäre.

An diesem Abend saßen sie nach dem Essen im Wohnzimmer zusammen, Tanja in einem modernen Sessel, den sie selbst ausgesucht hatte, und Martin in seinem geliebten alten Ohrensessel. Sie legte ihre Frauenzeitschrift beiseite.

„Martin, wir müssen reden!"

„Stimmt, liebste Tanja, müssen wir. Zuerst du!"

„O. K., Martin! Ich liebe dich noch immer, aber in der letzten Zeit kommst du regelmäßig spät nach Haus. Nach dem Abendessen setzt du dich in deinen Sessel und bist nach zehn Minuten eingeschlafen! Das", sie hob die Stimme, wurde sehr energisch, „das, lieber Martin, gefällt mir überhaupt nicht. Ich langweile mich hier zu Tode! Einkaufen und Geld hinauswerfen – so etwas macht hin und wieder Spaß, aber es ist keine Aufgabe. Es muss endlich und deutlich etwas verändert werden, so geht das nicht mehr! Bitte überlege dir, ob du mich in der Firma sinnvoll einsetzen kannst oder ob ich mir einen Job suchen soll – du kennst mich und auch meine Fähigkeiten."

„Puh, das waren deutliche Worte, liebe Tanja. Nein, mein Schatz, du sollst dir auf keinen Fall einen Job suchen. Ich denke, das mit der Firma kann ich mir gut vorstellen, ich habe da schon ganz spontan eine Idee! Für die viele Arbeit, die ich zurzeit habe, kann ich leider nichts, die ist nun einmal da, aber ich verspreche, nein, ich gelobe Besserung. Einverstanden?"

Tanja sah ihn nachdenklich an, dann meinte sie: „Das wäre gut, und ich könnte dich auch am Tage sehen. Bitte, bitte, mach das für mich, für uns! Und jetzt du, was wolltest du mit mir besprechen?"

„Mein Anliegen ist ganz anders, hat aber damit zu tun, wie ich gerade von dir erfahren habe: Wir haben in den letzten Wochen überhaupt keine Freude mehr zusammen, unser Sex ist auf Eis gelegt, und alles, was wir auf dem Gebiet so sehr geliebt haben, findet nicht mehr statt. Ich bin darüber unendlich traurig!"

„Martin, ich bin doch mit dieser Situation auch absolut unzufrieden, wie ich schon gesagt habe. Ist es denn wirklich möglich, du und ich in deiner Firma?" Sie zweifelte noch etwas an Martins Überlegungen wegen der Arbeit in der Firma und lenkte sofort das Thema vom Sex, den sie beide so oft genossen haben, auf das neue Thema.

„Ja, mein Schatz, das werden wir so machen!"

Tanja sprang auf, fiel ihm um den Hals: „Martin, ich bin so froh über deine Entscheidung, du machst mich glücklich! Entschuldigst du mich bitte einen Augenblick?"

Er nickte, vertiefte sich wieder in die Wirtschaftsnachrichten der Stuttgarter Allgemeinen. Als er hinter seinem Rücken Tanja wieder hereinkommen hörte, legte er die Zeitung auf den Couchtisch.

Tanja trat vor ihn hin, bekleidet wie damals in Kiel mit dem knappen Minislip und der durchsichtigen Bluse. Ihr wohlgeformter Körper verlockte ihn zu intensiven Umarmungen und heißen Küssen, die wie selten in den letzten Monaten in einer intensiven Liebesnacht endeten.

Schon der nächste Morgen führte das wieder frisch verliebte Paar nach dem gemeinsamen Frühstück zu NewIT – Martin hielt Wort und stellte Tanja dem Kreis seiner engsten Mitarbeiter vor:

„Liebe Kolleginnen und Kollegen, Tanja, meine Frau, wird ab sofort hier im Hause mitarbeiten. Ihr Büro wird der zurzeit freie Raum neben meinem sein. Tom", wendete er sich an den Mann der Buchhaltung, „kannst du den Raum herrichten, Telefon und PC entsprechend einrichten lassen? Und natürlich auch den Email-Account? Danke!" Dann bat er Marie, seine Sekretärin, Tanja bei den allgemeinen Angelegenheiten behilflich zu sein.

„Tanja, du hast Marketing und BWL studiert. Deshalb kannst du uns in Zukunft gemeinsam mit John und Edvina neue Konzepte für den Vertrieb über Online-Plattformen, Soziale Medien und die Direktvermarktung erarbeiten. Herzlich willkommen bei NewIT!" Er verriet natürlich seinen Mitarbeiterinnen und Mitarbeitern nicht, dass Tanja keine Abschlüsse ihrer Studien vorzuweisen hatte.

Ihre neuen Kollegen applaudierten. Marie, die von Martin zuvor schon aus dem Wagen über Tanja als neue Mitarbeiterin informiert worden war, reichte Saft und Sekt. Nach etwa dreißig Minuten gegenseitigen 'Beschnupperns' beendete Martin die Vorstellungsrunde mit den Worten: „Jetzt aber bitte alle wieder an die Arbeit, es gibt viel zu tun!"

Etwas verloren, wie vergessen, saß Tanja zunächst in ihrem neuen Büro. Sie sehnte sich nach Martin – die letzte Nacht war endlich wieder einmal wunderbar gewesen. Jetzt aber wollte sie in die Zukunft schauen, sie hatte da so ihre eigenen Gedanken und Pläne.

Marie brachte ihr alles, was an Büroutensilien notwendig war, und bot sich an, mit ihr einen Rundgang durch die Firma zu machen, damit sie auch die nicht bei der Vorstellung anwesenden Kolleginnen und Kollegen zumindest einmal gesehen hatte und mit ihnen ein paar Worte wechseln konnte.

Der Rundgang endete erst gegen Mittag, er war für Tanja sehr informativ, wenn auch oftmals etwas verwirrend. Marie legte ihr noch einen ganzen Stapel Werbe- und Informationsbroschüren über NewIT und die Unternehmensleistungen auf den Schreibtisch: „Damit sind Sie sicher erst einmal ausgelastet, Frau Winkler!"

Sie wollte wieder in ihr eigenes Büro gehen, wo schon einen Menge Schreibarbeit auf sie wartete, wurde aber von Tanja gebremst: „Ich komme mir im Augenblick noch so als Fremdkörper hier vor – wollen wir nicht 'Du' zueinander sagen?"

„Gern, Tanja, ich bin Marie!" Sie umarmten einander freundschaftlich, und Tanja dachte: „Ein weiterer Schritt zu meinem Ziel, hervorragend!"

Im Verlauf der nächsten Monate arbeitete sich Tanja perfekt in ihr neues Aufgabengebiet ein, ihre unkonventionellen Impulse für neue Marketing-Strategien führten schon zu Erfolgen im Direktvertrieb, und die Firmenkontakte konnten gegenüber der vergangenen Zeit deutlich gesteigert werden. Martin war sehr stolz auf seine Frau!

Eines Morgens aber, das letzte Croissant war gerade von Martin gegessen worden, kam Tanja um den Tisch herum, schmiegte sich an ihn.

„Martin, es gibt Neuigkeiten!"

„Neuigkeiten?" Martin war neugierig geworden: „Was gibt es denn?"

Tanja küsste ihn innig:

„Du kannst es nicht erraten, mein lieber Mann", sie machte eine kleine Kunstpause, „wir werden Eltern!"

Martin sprang auf, nahm sie in die Arme, beide tanzten im Esszimmer herum: „Ein Kind? Du bekommst ein Kind? Ich werde Vater? Wann ist es denn soweit?"

Er konnte sich kaum beruhigen, musste seine geliebte Tanja immer wieder umarmen, küssen: „Wir werden gleich zu Möbel-Kaufmann fahren und die Sachen für das Kinderzimmer kaufen. Und dann müssen wir auch die Strampler und Schnuller und ...". Er überschlug sich fast vor Begeisterung.

„Langsam, du Papa, langsam!" Tanja musste ihren Mann beruhigen. „Bitte, Martin, lass das Kind erst einmal kommen. In sechs Monaten können wir dann alles ganz, ganz schnell regeln. Erstmal wollen wir uns nur darauf freuen!"

Martin war ein wenig enttäuscht, weil Tanja ihn zunächst einmal ausbremste: „Na gut, aber ich freue mich doch so sehr, meine Liebste. Kannst du denn jetzt noch weiterarbeiten?"

„Martin, ich bin schwanger, aber nicht krank! Natürlich kann ich normal arbeiten. Du kannst dich auch bei der Arbeit auf mich verlassen! Und jetzt lass und zur Arbeit fahren, Schluss mit Freudentänzen und Küssen – die Arbeit wartet auf uns!"

6 Das Kind

Frühjahr 2004

D as Eheleben war zu Beginn der Schwangerschaft immer noch sehr romantisch. Je mehr jedoch das Kind in ihrem Leibe heranwuchs, desto unleidlicher wurde Tanja.

„Ich sehe aus wie eine Tonne, sieh mich doch mal an, Martin! Und erst mein Gesicht – ich mag gar nicht mehr unter die Leute oder ins Büro gehen!" Ihre Laune war auf einem Tiefpunkt.

Martin und Frau Bliemel umsorgten sie liebevoll, wenngleich sie es diesen beiden Menschen durch ihre Stimmungsschwankungen nicht gerade leicht machte.

Dann, Ende März, genauer am zweiundzwanzigsten, war es endlich soweit: Tanja bekam ihr erstes Kind. Eine wärmende Sonne schien in das Privatzimmer der Klinik, die Vögel sangen in den Bäumen, frühe Blüten waren bereits aufgebrochen – die ganze Welt schien sich über das neugeborene Mädchen zu freuen. Anna hatten Martin und Tanja als Namen ausgesucht, er erinnerte an seine von ihm sehr geliebte Großmutter.

Bis zur Entbindung hatte sich nicht nur Martin auf das Kind gefreut, auch Tanja konnte das Ereignis kaum erwarten. Dieser Zustand änderte sich bei ihr jedoch schlagartig, die Geburt war für sie ein Schock. Bereits im Kreißsaal begann sie, die Kleine abzulehnen.

„Nein," sagte sie schon am Tag der Entbindung zur betreuenden Hebamme, „ich werde das Kind nicht stillen. Es hatte kein Recht, mir diese Schmerzen zuzufügen – wenn mir das vorher in aller Klarheit bewusst gewesen wäre, hätte ich es nicht bekommen. Es hat mir schon während der Schwangerschaft total die Figur versaut, meine Brüste sollen nicht zu Eutern werden! Und sehen Sie sich einmal meinen Leib an – völlig schlaff und unattraktiv!" Sie schlug die Bettdecke zurück und sah an ihrem Körper herunter.

Die Hebamme war entsetzt wegen dieses Vergleiches, musste aber Tanjas ablehnende Haltung akzeptieren. Alle Versuche, die Meinung der jungen Mutter zu ändern, schlugen fehl.

„Frau Winkler, was das Stillen betrifft, ist das Ihre Entscheidung. Sicher, es gibt Medikamente, die eine Milchbildung verhindern. Für das Kind gibt es aber nichts Besseres und Ihre Figur ist mit einer guten Gymnastik auch bald wieder topp! Soll ich Ihnen die Kleine jetzt einmal in die Arme legen?", fragte sie.

„Geben Sie das Kind meinem Mann, der freut sich darüber!", war die Antwort. Tanja lehnte ihr gerade geborenes Kind anscheinend völlig ab!

Für Martin hing der Himmel voller Geigen. Anna war sein absoluter Liebling. Er konnte Tanjas Verhalten zwar nicht verstehen, musste es jedoch akzeptieren. „Wir werden zuhause darüber reden", sagte er zu sich.

Als Mutter und Kind wieder zu Haus waren, hielt sich Tanja weitgehend von der Betreuung ihrer Kleinen zurück. Am liebsten hätte sie es, wie sie es Frau Bliemel einmal im ‚Baby-Frust' sagte, weggegeben. Stillen hatte sie ja schon im Krankenhaus abgelehnt, Windeln wechseln war überhaupt keine Tätigkeit für sie, selbst das Geben des Fläschchens kostete sie anscheinend ziemliche Überwindung.

Martin hingegen war von seiner kleinen Anna begeistert. Bei jedem kleinen Fortschritt in der Entwicklung meinte er, dies der Welt, z.B. seinen Angestellten, mitteilen zu müssen und es verging kein Tag, an dem er, von dienstlichen Verpflichtungen einmal abgesehen, zumindest am Abend für seine Frau und die Kleine Zeit fand. Tanjas Kommentare dazu beschränkten sich im Wesentlichen auf ein „Du nervst, lass mich damit zufrieden!".

Die Beziehung zwischen den Eheleuten veränderte sich nach der Geburt von Anna völlig. Sie waren in der davor liegenden Zeit, jedenfalls in den ersten Monaten der Schwangerschaft, unverändert verliebt gewesen, erinnerten sich beide gedanklich und auch körperlich voller Freude an ihre Nächte in der Wüste und danach. Jetzt lehnte sie ihren Mann fast völlig ab, Zärtlichkeiten oder gar Sex standen bei ihr nicht mehr auf dem ehelichen Programm.

Sie ging wieder, wie es schon damals vor ihrem Eintritt in die Firma gewesen war, immer häufiger auf Distanz zu ihrem Mann, und zur kleinen Anna war sie ohnehin unverändert abweisend. Martin schob diese Verhaltensänderung auf Schwangerschaft und Kindesgeburt, auf eine postnatale Verhaltensstörung, die sich wieder legen würde. Er bemühte sich mit all seinen Möglichkeiten, das liebevolle Verhältnis zu seiner Frau wiederherzustellen und gleichzeitig alle verfügbare Liebe ebenfalls seiner Tochter angedeihen zu lassen. Tanja aber schien sich immer weiter von ihnen zu entfernen.

Statt schöner Abende zuhause verbrachte sie immer mehr Stunden im Büro, sprach von Problemen bei der Projektentwicklung, schlechten Kommunikationszeiten mit Kunden in den USA und anderswo in der Welt. Martin in seinem Vaterstolz freute sich über die vielen Stunden mit Anna, in denen Tanja sie ihm überließ.

Der Garten hinter dem Haus wurde mit Spielgeräten ausgestattet: zunächst Sandkasten und Planschbecken, Schaukel und Klettergerüst, später auch ein großes Trampolin. Annas Kinderzimmer glich einem Spielwarenladen, wie Tanja einmal sagte:

„Du solltest das Kind", sie sprach immer von 'dem Kind', „nicht so zuschütten mit all diesem überflüssigen Kram!"

Martin ließ sich in diesem Punkte nicht beirren – was sich Anna wünschte, bekam sie von ihm geschenkt.

Martins Kümmern um Anna führten dazu, dass er viele betriebliche Aufgaben an Tanja übertrug – er wollte sich überwiegend seiner kleinen Tochter widmen, wie er seinem Freund Thomas einmal sagte.

Sein Verhalten führte natürlich zu weiteren, erheblichen Spannungen zwischen den Eheleuten: Beide kommunizierten zwar im Job gut miteinander, allerdings war seine Anwesenheit nur als gering zu bezeichnen, denn sein emotionaler und auch praktischer Lebensmittelpunkt war über viele Monate seine kleine Anna.

Fast zwei Jahre später voller Stress, für Tanja im Büro, für Martin zu Hause, war es einer der wenigen Abende, an dem die Eheleute gemeinsam beim Essen saßen, als Tanja meinte:

„Martin, ich schaffe das in der Firma nicht mehr allein. Du bist der Boss, aber davon ist nicht viel zu sehen und zu spüren, die Leute fragen schon, ob du krank seist. Es muss etwas geschehen, sonst geht alles den Bach hinunter!"

„O. k., Tanja. Anna ist jetzt mehr als zwei Jahre alt, geht ja demnächst sowieso in die Krippe, wir haben eine Zusage erhalten. Dann bin ich wieder voll im Unternehmen, du kannst dich darauf verlassen. Frau Bliemel wird sich um das Hinbringen und Abholen von Anna kümmern und am Abend sind dann ja wir da."

„Gut, versuchen wir es, vielleicht funktioniert es ja. Wenn nicht, brauchen wir jemanden von außen zur Unterstützung. Die Entwicklungsabteilung geht sowieso schon 'auf dem Zahnfleisch'."

„Ab nächster Woche wird alles anders, ich kümmere mich!"

„Ich hoffe, Martin, ich hoffe!"

Tanja hatte nach der Geburt von Anna ihre attraktive, reizende Figur zurückgewonnen, nichts war äußerlich noch von der Schwangerschaft zu erkennen – vielleicht war sie etwas voller geworden ... Dieser Zustand war für Martin sehr anregend, er wollte mit seiner Frau, die er noch liebte wie am ersten Tag, auch die Nächte so fröhlich und lustvoll verbringen wie am Beginn ihrer Beziehung. Tanja aber wies ihn immer wieder zurück. Wenn sie dann beim Frühstück saßen, herrschte zumeist ein bedrückendes Schweigen zwischen den beiden, nur die süße kleine Anna sorgte für positive Momente im Familienleben.

Alle Versuche Martins, das wunderbare Verhältnis aus der Zeit ,vor Anna' wiederherzustellen, verliefen im Sande. Tanja wollte anscheinend nicht mehr, war überfordert mit ihrer Rolle als Ehefrau, Mutter und seiner Stellvertreterin im Büro.

Als Anna später tagsüber in der Krippe untergebracht war, schöpfte Martin wieder Hoffnung. Wenn er im Büro mit Tanja zusammentraf, kam es sogar vor, dass sie ihm einen Kuss auf die Wange hauchte, was ihn häufig zu einem kleinen oder auch größeren Geschenk für sie anregte – alles in der Hoffnung, dass sie ihn wieder wie in der Vergangenheit lieben würde.

7 Beat

Frühsommer 2006 / Herbst 2007

S eine Zeugnisse waren wirklich hervorragend, und Martin war davon überzeugt, mit dem Engagement von Beat Holsten das große Los für NewIT gezogen zu haben.

Studium der Informatik mit Schwerpunkt Neuronale Netzwerke in Stanford, Abschluss MBA (Master of Business Administration) in Harvard, längere Berufserfahrung in einer renommierten Software-Schmiede in London. Dann wollte er wieder nach Deutschland zurück und bewarb sich auf die Stellenausschreibung in der Financial Times, die Martin geschaltet hatte.

Beat war sein Mann, davon war Martin überzeugt, als der sich bei ihm vorstellte. Er wurde beruflich nicht enttäuscht, seine Firma prosperierte durch dessen Können und Wissen auf allen Handlungsfeldern. Die Unterkunftsfrage war schnell gelöst: Beim Bau des neuen Bürogebäudes vor einigen Jahren hatte Martin in einem Nebentrakt eine komfortable, geräumige Gästewohnung bauen lassen, die sein neuer Mitarbeiter jetzt beziehen konnte.

Es war ein überaus erfolgreiches Jahr für die Firma, in denen die Zusammenarbeit zwischen Tanja und Beat auf dem Gebiet der Smart-Home-Entwicklungen sehr gut lief. Zu gut, wie sich im Nachhinein herausstellen sollte, aber Martin war durch seine Liebe zur kleinen Anna und die durch die Arbeit von Tanja und Beat erzielten Erfolge geblendet.

Im Herbst des folgenden Jahres fasste Martin einen weitreichenden Entschluss. Die Erfolge dieses Teams waren so groß, dass er die beiden eines Tages zu einer Besprechung zu sich ins Büro bat.

„Tanja, Beat! Ich denke, es ist inzwischen der Zeitpunkt gekommen, an dem wir unsere Beziehungen neu regeln, auf eine neue Basis stellen müssen!"

Seine beiden wichtigsten Mitarbeiter sahen sich erstaunt, man könnte sogar meinen, etwas erschreckt an:

„Worum geht es dir, Martin?", kam die Frage von Tanja.

„Nun, ihr seid ein so gutes Team, dass sich eure ganz besonderen Leistungen und Erfolge auch besonders auszahlen sollten. Unser Unternehmen ist in der jüngsten Zeit, und das nicht zuletzt durch eure Leistungen, enorm gewachsen, die Umsätze und auch die Gewinne haben sich sehr positiv entwickelt. Ich habe mir deshalb überlegt, dass ich Beat einen Teil meiner Anteile übertragen sollte. Was haltet ihr von dieser Idee?"

Die so Angesprochenen sahen sich erstaunt an, sie hatten irgendetwas völlig anderes erwartet.

„Firmenanteile?", fragte Beat, „Ich kann es nicht glauben, das willst du tun, Martin?"

„Ja, mein Lieber, das habe ich mir so überlegt! Und noch etwas zu dem Thema: auch unsere kleine Anna soll Anteile erhalten, die dann bis zu ihrer Volljährigkeit treuhänderisch verwaltet werden sollen."

„Das ist ja ganz wunderbar! Hast du für mich auch eine ähnliche Überraschung?" Tanja war, wie Beat, sehr erstaunt.

„Natürlich! Denkst du denn, ich lasse dich unbelohnt? Für dich habe ich ebenfalls eine ansehnliche Beteiligung an der Firma angedacht!"

„Dein Plan, Martin, ist in jeder Beziehung umwerfend!" Tanja umarmte ihren Mann liebevoll, küsste ihn herzhaft auf den Mund. Dann gingt sie zu Beat, umarmte ihn ebenfalls, wenn auch freundschaftlich, gab ihm einen Wangenkuss.

„Damit ist die Sitzung geschlossen", schmunzelte Martin, „ich werde morgen unseren Steuerberater mit der Ausarbeitung der Verträge beauftragen!" Er lehnte sich zufrieden in seinem Sessel zurück.

„Bevor ihr wieder an die Arbeit geht, noch eines: Im nächsten Monat feiere ich ja meinen Geburtstag, meint ihr nicht auch, dass dieser Tag der richtige für die Bekanntgabe dieser Entscheidung wäre? Es kommen einige mir sehr liebe und auch mehrere wichtige Leute!"

Den beiden blieb nur noch, zustimmend zu nicken, so sehr waren sie von Martins Plänen überrascht worden.

Sie verließen gemeinsam Martins Büro, redeten auf dem Flur noch einen Moment miteinander, bevor sie wieder an ihre Arbeit gingen.

„Tanja!", rief Martin ihr noch hinterher, „gehen wir heute Abend zusammen essen?"

Sie schien es nicht mehr zu hören.

Ein späterer Anruf in ihrem Büro ging ins Leere – sie schien nicht an ihrem Arbeitsplatz zu sein. „Naja, dann versuche ich es nachher noch einmal", sagte Martin zu sich. Er war ein wenig verärgert.

Gegen Feierabend versuchte er noch einmal, sie telefonisch zu erreichen – erneut Fehlanzeige. Martin wollte so gern mit seiner Frau den Abend genießen, mit ihr seine Entscheidung feiern, konnte sie aber nicht erreichen, deshalb befragte er seine Sekretärin, ob sie wisse, wo Tanja sei.

„Ja, Herr Winkler, Ihre Frau ist gleich nach dem Termin bei Ihnen mit Herrn Holsten zum Kunden gefahren."

„Wissen Sie auch, zu welchem Kunden?", fragte Martin nach.

„Ja, sie sprachen von Bartels & Co in Bremen, ich habe

ihnen noch die Unterlagen heraussuchen müssen."

„Danke, Marie, dann weiß ich Bescheid."

Er ordnete seinen Schreibtisch, legte noch einige Schriftstücke in seine Aktentaschen und fuhr auf dem kürzesten Weg nach Hause, wo seine Anna schon sehnsüchtig auf ihn wartete.

„Papa, komm, wir wollen im Garten spielen!"

„Papa, fang mich doch!"

„Papa, ich möchte ein Eis, ein gaaanz großes!"

In ihm stieg ein ganz massiver Ärger auf wegen dieses Kundentermins, aber Anna verstand es, ihn von seiner Wut abzulenken. „Tanja und Beat heute zu Bartels & Co.?", ging ihm dennoch immer wieder im Kopf herum.

Anna spielte im Garten mit einer Puppe, die ihr Onkel Thomas vor einiger Zeit geschenkt hatte. Martin umarmte sie liebevoll: „Schluss für heute, meine Süße, es ist Zeit für das Abendessen, Frau Bliemel wartet schon auf uns!"

„Och, Papa, nur noch ein wenig schaukeln!"

Natürlich ließ Martin sich von ihr um den Finger wickeln, sie verstand sich hervorragend darauf. Irgendwann war aber tatsächlich Schluss mit Spielen, das Abendessen wartete, anschließend waren noch Zähneputzen und Vorlesen an der Reihe.

Es ging schon gegen neun Uhr am Abend, als er sich, von der Arbeit am Tag, seinem Ärger und auch vom Spielen mit der Kleinen erschöpft, in seinen Lieblingssessel setzen konnte, nicht einmal eine seiner Lieblingszigarren kam heute zum Einsatz.

„Tanja und Beat heute zu Bartels & Co.?" Er würde Tanja darauf ansprechen, wenn sie nach Haus kam.

Sie kam erst recht spät, er war gerade dabei, die Lichter zu löschen und schlafen zu gehen, schließlich war morgen wieder ein Arbeitstag.

„Wollten wir nicht eigentlich zur Feier des Tages heute Abend gemeinsam essen gehen?"

Sie sah ihn verwundert an: „Wieso? Wollten wir? Davon weiß ich nichts, du hast mir nichts gesagt, das ist bei mir nicht angekommen, Martin. Schade!"

„Ich habe es dir noch nachgerufen, als Beat und du mein Büro nach dem Gespräch verlassen habt."

„Habe ich nicht gehört. Und außerdem stand der Termin bei Bartels an, hättest du wissen können, wenn du dich mehr um die Firma und nicht nur um das Kind kümmern würdest!"

„Davon wusste ich tatsächlich nichts. Habt ihr wenigstens Erfolg gehabt? Der Abend war ja ziemlich lang!"

„Nein, noch nichts Spruchreifes, wir müssen noch einmal hin. Und jetzt bin ich müde, es war ziemlich anstrengend. Gute Nacht!"

Martin war enttäuscht, er hatte sich den Abend und eigentlich auch die Nacht mit Tanja anders vorgestellt. Er löschte die restlichen Lampen, ging in sein Schlafzimmer, seit mehreren Monaten schliefen Tanja und er in getrennten Räumen. „Du schnarchst entsetzlich", war Tanjas Argumentation gewesen, um ihn 'auszuquartieren'.

Das Frühstück am nächsten Morgen verlief ziemlich schweigsam, beide hingen ihren Gedanken nach, nur Wirbelwind Anna munterte das Familienfrühstück etwas auf, bis Tanja barsch mit „Anna, nun setz dich doch endlich einmal ruhig hin, du nervst!" auch diesen Aspekt zerstörte. Die Kleine lief heulend hinaus.

„Musste das jetzt so grob sein? Sie ist nun einmal ein munteres Kind!", kritisierte Martin seine Frau.

„Sie nervt mich heute eben", dann schwenkte sie auf ein anderes Thema um: „Wie geht es mit den Anteilen weiter? Können wir bald damit rechnen?"

Martin zuckte etwas zusammen, bei der gedrückten Stimmung heute Morgen hatte er nicht mit dieser Frage gerechnet.

„Nun, ich werde erst einmal mit Paul Nevall reden müssen, vielleicht ist mein Plan ja auch eine Schnapsidee und für alle Beteiligten nicht nützlich."

Tanja sah ihn mit großen Augen an: „Eine Schnapsidee? Da staune ich aber jetzt. Wir haben uns doch schon darauf gefreut!"

„Wir, sagst du? Beat und du? Habt ihr meinen Vorschlag vielleicht gestern Abend schon gefeiert?"

Martin war sauer: „Ein wenig Geduld darf ich bei dem Projekt doch wohl erwarten!"

Von Tanja kam zunächst keine Antwort, sie spürte, dass sie zu voreilig bei dem sensiblen Thema war, und ging um den Tisch herum zu Martin. Sie nahm ihn liebevoll, wie es ihm erschien, in den Arm:

„Entschuldige, bitte, Martin, ich meine ja nur … Ja, tatsächlich haben Beat und ich gestern noch über das Thema gesprochen, es kam ja auch sehr überraschend für uns!"

„Ja, ja, ist schon gut. Geduld ist angesagt, das geht alles nicht so schnell, wie gesagt. Ich will erst noch mit Paul reden, wie wir das Ganze gestalten müssen, schließlich wollt ihr keine Steuern dafür bezahlen! Übrigens: eine kleine Menge der Anteile soll Anna bekommen, wie ich schon gesagt habe, die müssen dann treuhänderisch verwaltet werden – dafür habe ich meinen alten Freund Thomas Rossmann vorgesehen. Als Jurist ist er die beste Wahl dafür."

„Was hast du denn für Anna vorgesehen? Und warum Thomas als Treuhänder? Ich könnte das doch genauso gut machen, frag doch Paul danach. Schließlich bin ich die Mutter, da dürfte es rechtlich und steuerlich doch auch keine Probleme geben."

„Ich habe für Anna neun Prozent der Anteile vorgesehen,

und über die Treuhänderschaft denke ich noch nach, Tanja. Und jetzt lass uns zur Arbeit fahren, komm! Frau Bliemel kommt gleich zum Tischabdecken."

„Ich fahre heute mit meinem Wagen, hab zwischendurch noch einen Termin in der Stadt. Fahr du nur schon los."

Martin nahm seine Aktentasche und die Schlüssel: „In Ordnung, bis nachher", und schon war er unterwegs.

„Ich hätte Tanja fragen sollen, was sie in der Stadt will", dachte Martin bei sich, „bestimmt Klamotten kaufen, das scheint ja ihr neuestes Hobby zu sein."

Sicher, sie litten finanziell keine Not, aber musste sie das Geld mit beiden Händen gleichzeitig herauswerfen? Martin ärgerte sich immer wieder darüber, und die neuen Sachen wurden dann nur ein-, zweimal getragen und hingen dann im Schrank, von ihrer Schuh- und der Handtaschen-Galerie ganz zu schweigen.

Nein, Tanja war nicht shoppen!

Sie sahen sich erst im Büro wieder, als Martin schon seinen zweiten Kaffee trank. Tanja kam in sein Büro, etwas blass.

„Ich muss dich dringend sprechen, Martin!"

„In Ordnung, worum geht es denn? Bitte setzt dich doch erst einmal."

„Ich war in der Stadt."

„Ist mir bekannt. Und was gab es zu erledigen?"

„Ich war bei meinem Gynäkologen."

Martin sah besorgt zu ihr hinüber.

„Gibt es ein Problem? Bist du krank?"

„Nein, Martin, ich bin nicht krank. Ich bin wieder schwanger, und ich will das Kind nicht, Anna mit ihren Kleine-Mädchen-Launen genügt mir völlig!"

„Du willst …?

„Ja, und das Ganze passiert in der nächsten Woche. Und noch eines: was immer du jetzt denken magst, mein Entschluss ist unumstößlich!"

„Unumstößlich? Tanja, wir sollten darüber noch einmal in Ruhe reden, so etwas kann man nicht zwischen Tür und Angel klären." Martin war ziemlich entsetzt: „Ich denke, da sollte ich als Vater auch noch ein Wort mitreden dürfen, oder?"

Beim Wort 'Vater' zuckte Tanja etwas zusammen, aber sie fing sich sehr schnell wieder.

„Vergiss es, lieber Martin, es ist meine Entscheidung, ausschließlich meine Entscheidung, denn es ist mein Körper. Es hat mich schließlich auch viel Mühe gekostet, nach Annas Geburt wieder in Form zu kommen, das will ich nicht noch einmal durchmachen. Und auch die Entbindung: denkst du, das ist ein Vergnügen? Ihr Männer seid vom Sex immer sehr begeistert und wir Frauen haben dann den Ärger! Und jetzt gehe ich an meine Arbeit, Beat braucht meine Unterstützung!"

„Tanja, wir reden heute Abend weiter, so kann ich das nicht hinnehmen", rief er ihr noch nach, bevor sie um die Ecke des Ganges verschwand.

Sie war auch am Abend und in den folgenden Tagen nicht umzustimmen. Am Dienstag der folgenden Woche ging sie wie geplant in die Klinik, um den Abort vornehmen zu lassen.

Der Eingriff verlief unproblematisch.

8 Der große Fehler

Herbst 2009

Unabhängig von Tanjas 'medizinischem Problem', wie er es später immer bezeichnete, verfolgte Martin die Übertragung von Firmenanteilen auf Tanja, Anna und Beat weiter. Sein Steuerberater erarbeitete ein gutes Konzept und bereitete die juristischen und steuerlichen Prozeduren sorgfältig vor. Nur einen Monat nach dem Eingriff bei Tanja gingen die künftigen Vertragspartner zum Notar und brachten die ganze Sache zu einem guten Abschluss. Anna blieb währenddessen in der Obhut von Frau Bliemel, für Anna wird Thomas Rossmann als Treuhänder später die Papiere unterzeichnen.

Am Abend nach der Beurkundung trafen sich die neuen Anteilseigner von NewIT mit Martin in dem schönen, gemütlichen Restaurant am Stadtrand, in dem sie schon ihre Hochzeit gefeiert hatten.

„Hast du dir inzwischen überlegt, wie in Zukunft mit Annas Anteilen verfahren werden soll?" Zwischen zwei Gängen sah Tanja Martin mit ihren tiefgrünen Augen intensiv an. „Ich hatte dir ja schon angeboten, dass ich die Verwaltung, natürlich unter gerichtlicher oder notarieller Aufsicht, durchaus übernehmen könnte."

„Ach, Tanja, das hatte ich dir doch schon gesagt, Thomas soll den Job zunächst machen und dann werden wir sehen", meinte er, „lasst uns jetzt die neue Konstellation feiern! Giovanni", rief er nach dem Mann von Service, „Champagner, vom Besten!"

„Kommt sofort, die Herrschaften." In kürzester Zeit wurde das prickelnde Getränk, stilvoll in einem silbernen Sektkühler, serviert. Giovanni schenkte die Sektflöten nach dem Öffnen der Flasche jeweils zur Hälfte voll und reichte sie seinen Gästen.

„Sehr zum Wohle, die Dame, meine Herren!"

Nach dem Anstoßen, „Auf ein gutes Miteinander!", wurde schon bald das zuvor bestellte Essen serviert, es wurde ein guter, fröhlicher Abend zu dritt. Tanja und Beat waren so fröhlich, wie er sie selten zuvor gesehen hatte, und auch Martins Stimmung war schon fast euphorisch zu nennen – er sprach deshalb auch dem hervorragenden Brunello di Montecalcino reichlich zu.

Martin war rundum glücklich. Seine Wünsche und Pläne waren alle in Erfüllung gegangen, die geschäftlichen Angelegenheiten wohlgeordnet, eine wunderschöne Frau und ein süßes Kind, was will man als Mann mehr vom Leben!

Nach mehreren Gläsern des guten Rotweins bemerkte er nicht die liebevollen, sehnsuchtsvollen Blicke, die Tanja und Beat miteinander austauschten. Er bemerkte auch nicht die zärtlichen Berührungen zwischen den beiden, nicht die von Tanja gehauchten kleinen Küsse. Martin Winkler war weinselig glücklich.

„Bitte ruft mir ein Taxi, ich will ins Bett", lallte er mehr, als er sprach, dann nickte er am Tisch ein, den Kopf in seine Hände gestützt.

Giovanni hatte den Vorgang bemerkt und bereits einen Wagen gerufen, der schon nach kurzer Zeit vor dem Eingang des Lokals stand.

„Kann Martin allein nach Haus oder fahren Sie

mit?" wandte er sich an Tanja. Die warf einen prüfenden Blick auf Martin:

„Der kann das allein, wir wollen noch etwas feiern!"

Nun, Martin kam heil nach Hause und auch ins Bett, ohne Anna zu wecken, die den Abend mit Frau Bliemel verbracht hatte; auch die konnte ungestört im Gästezimmer weiterschlafen, in dem Martin sie für den Abend einquartiert hatte.

Tanja verbrachte die Nacht, natürlich, mit Beat in dessen Wohnung, wie sie es erhofft hatte, und erst am sehr frühen Morgen ließ sie sich mit einem Mietwagen nach Haus bringen, schlich sich leise in ihr Bett. Frau Bliemel, die eine rechte Frühaufsteherin war, beobachtete ihre Ankunft beim Haus, behielt ihr Wissen jedoch für sich.

Nur gut, dass der neu begonnene Tag ein Samstag war. Als Martin so etwa gegen neun Uhr mit einem gewaltigen Brummschädel erwachte, schlief Tanja natürlich noch, für sie war die vergangene Nacht ja wesentlich kürzer gewesen. Er ging aus seinem Schlafzimmer hinunter in die Küche, um eine Kopfschmerztablette mit einem Glas kühlen Wassers einzunehmen, Frau Bliemel und Anna waren bereits in der Küche, sie hatten schon gefrühstückt.

„Frühstück, Herr Winkler?", fragte ihn Frau Bliemel, wohl wissend, dass er in diesem Zustand sicher nicht frühstücken würde, „War das letzte Glas Rotwein nicht in Ordnung?"

Sie kannte ihren Arbeitgeber sehr gut, schon aus der Zeit, als seine erste Frau Martha lebte, und wusste natürlich um seine Schwächen.

„Oh, oh, Frau Bliemel, sagen Sie doch so etwas nicht, Sie

sehen doch, ich bin krank!" Martin wandte sich vom gedeckten Tisch ab, wollte wieder nach oben gehen, Frau Bliemel zog die Augenbrauen hoch, sagte aber nichts mehr.

Anna wollte jedoch ihren Papa nicht wieder schlafen lassen: „Papa, du hast mir doch versprochen, dass wir heute etwas Tolles unternehmen, weil es etwas zu feiern gibt!"

„Ach, mein Engel, lass mich noch eine Stunde ruhen, dann sehen wir weiter!"

„Papa, aber du hast es gestern versprochen und versprochen ist versprochen und wird nicht gebrochen!"

„Ja, ja, meine Kleine, wird es auch nicht, aber erst muss ich mich noch etwas hinlegen. Deine Mama kann ja schon einmal deine Sachen für ein Picknick einpacken, ich komme dann auch bald." Mit diesen Worten ging er wieder nach oben in sein Bett.

Frau Bliemel blickte zunächst etwas ratlos, sagte dann aber energisch zu dem Mädchen: „Na, Kleine, dann werden wir das Picknick allein vorbereiten, wir beide können das bestimmt ganz prima!"

Anna ergriff Frau Bliemels Hände und tanzte mit ihr im Kreis herum: „Wir machen Picknick, wir machen Picknick!" Der doch etwas älteren Frau wurde von der Tanzerei ein wenig schwindelig, sie musste sich auf einen der Stühle setzen.

In diesem Augenblick kam Tanja herein, wie Martin ein wenig übernächtigt. Sie war sehr schlecht gelaunt, was Frau Bliemel durchaus einleuchtete.

„Was ist denn hier los? Frau Bliemel, haben Sie keine Arbeit im Haus, statt hier mit dem Kind herumzutanzen?"

Ihr Tonfall und die Lautstärke sorgten bei ihr für einen sehr unsympathischen Gesichtsausdruck. Anna flüchtete verschreckt an ihr Kindertischchen in der Ecke der Essküche.

„Frau Winkler, Anna freut sich so, dass ich mit ihr das Picknick vorbereiten will, deshalb der kleine Freudentanz mit mir. Und im Übrigen sollten Sie sich bei dem, was Sie sagen, wie Sie es sagen und auch in der Lautstärke etwas mäßigen – so spricht man nicht mit mir! Der Ton macht die Musik!"

Tanja war wie erstarrt. Eine solche Widerrede auf ihre Vorwürfe, noch dazu von einer Dienstbotin, wie sie es sah, hatte sie nicht erwartet.

„Frau Bliemel, wenn Sie noch länger in diesem Haus arbeiten wollen, bedenken Sie bitte, wer hier das Sagen hat – Sie sind das nicht!"

Der Streit begann zu eskalieren, glücklicherweise war Martin kurz zuvor wieder in die Küche gekommen und hatte die Diskussion mit angehört – die Frauen starrten sich mit zornigen Gesichtsausdrücken an.

„Tanja, Frau Bliemel, was soll denn dieser unsinnige Streit? Haben wir in diesem Haus nichts Besseres zu tun, als uns zu streiten? Du, liebe Tanja, setz dich jetzt bitte an den Frühstückstisch, und Sie, Frau Bliemel, bereiten mit Anna das Picknick vor, das ich ihr versprochen habe. Und jetzt ist Ruhe in dieser Sache!"

Sein Machtwort schien bei den streitenden Frauen etwas bewirkt zu haben, noch einige giftige Blicke von der einen zur anderen, dann kehrte Stille in der Küche ein.

„Anna, du gehst bitte mit Frau Bliemel in dein Zimmer, ihr wisst ja, was zu einem Picknick gehört. Und wir zwei, Tanja, werden jetzt in Ruhe frühstücken! Ende!"

Die Eheleute saßen sich schweigend gegenüber – eigentlich hätten nach der Überschreibung der Geschäftsanteile heute früh eine gutgelaunte Tanja mit einem fröhlichen Martin dort sitzen müssen.

Er nahm sich ein Brötchen, wollte es aufschneiden, wollte. Ein plötzlicher, intensiver Schmerz in der Herzgegend ließ ihn das Messer ganz schnell aus der Hand legen, eine Muskelkontraktion? Er drückte die rechte Faust auf die schmerzende Stelle, ohne eine fühlbare Reaktion, der Schmerz blieb!

Tanja sah zu ihm hinüber: „Was ist denn mit dir los, Martin? Ist etwas nicht in Ordnung? Kann ich dir helfen?"

Martin konnte nur noch stammeln, er bekam keine Luft: „Arzt holen. Krankenwagen. Herz", dann brach er zusammen. Tanja griff nach ihrem Smartphone, zögerte einen kleinen Augenblick, dann aber wählte sie die 112 …

Der Notarzt kam gleichzeitig mit dem Rettungswagen nach nur etwa zehn Minuten. Die Diagnose des Arztes war schnell gestellt – Herzinfarkt. Die Leute des Rettungswagens arbeiteten professionell. Man legte ihn auf eine Trage, dann wurde über einen Zugang auf dem Handrücken ein Tropf angeschlossen.

„Ich kann leider nicht mit ins Krankenhaus fahren, aber später komme ich dann." Tanja hatte Wichtiges zu tun, sie musste die neueste Entwicklung mit Beat besprechen und fuhr dafür ohne Umschweife zu ihm ins Büro.

Die Notaufnahme im Krankenhaus wurde von den Sanitätern schon aus dem Wagen heraus informiert, so dass die notwendigen Vorbereitungen – die dort natürlich absolute

Routine waren – getroffen werden konnten. EKG, Blutentnahme mit zusätzlichem Infarktcheck, Anschluss an das Monitorsystem.

„In zwei, drei Stunden liegen Sie auf dem Tisch, wahrscheinlich müssen wir einen oder auch zwei Stents legen. Sie können beruhigt sein, das ist hier tägliche Routine", meinte die Aufnahmeärztin und kümmerte sich um den nächsten Patienten.

Nur kurze Zeit später traf sich Tanja mit Beat in seiner Wohnung im Anbau des Bürogebäudes und besprachen die neue Situation.

Beat sah sehr nachdenklich aus, als ihm Tanja den Vorfall und Martins Zustand geschildert hatte.

„Wenn du nicht die 112 gewählt hättest, wärest du jetzt vielleicht meine Chefin", sinnierte er kaum hörbar, dann sprach er wieder lauter: „Ich meine, was wäre, wenn ...?"

Beat sprach diese Ungeheuerlichkeit tatsächlich aus! Tanja hatte wirklich ein wenig gezögert, bevor sie Hilfe herbeiholte.

„Beat, diesen Gedanken möchte ich nicht zu Ende denken, das ist ja schon fast ..."

„Was? Ein Mordkomplott von uns beiden? Keine Sorge, soweit würde ich nicht gehen, war nur so eine Gedankenspielerei."

„Wir sollten zunächst unsere Teilhaberschaft genießen, Beat, Liebster. Komm, ich will dich jetzt!"

„Aber über die Anteile des Kindes solltest du unbedingt kurzfristig mit ihm reden, stell dir vor, er stirbt und der Anwalt wird sich darum kümmern", meinte Beat noch zum Abschluss des Gespräches, Tanja trug zu diesem Zeitpunkt bereits nur noch einen schwarzen Slip.

Die Operation, tatsächlich wurden zwei Stents gelegt, fand am frühen Nachmittag statt und verlief komplikationslos. Tanja kam am nächsten Nachmittag, zuvor hätte Martin wegen der Narkose-Nachwirkungen sowieso kaum mit ihr reden können.

9 Ende einer Ehe

Herbst 2009

Da sie die letzte Nacht erneut bei Beat verbracht hatte, konnte Tanja ihren früher so sehr geliebten Mann nicht eher besuchen. Die Schmetterlinge im Bauch flogen jetzt nicht mehr für Martin, sondern nur noch für ihren Liebhaber.

Mit sorgenvoll verzogenem Gesicht sprach sie den Kranken an: „Martin, mein Liebster, mach das bitte nie, nie wieder, du hast uns alle sehr erschreckt. Ich mag mir gar nicht ausmalen, was hätte passieren können, und dann säße ich hier allein mit dem Kind und Frau Bliemel!" Sie umarmte ihren Mann und hauchte ihm einen Kuss auf die Stirn. „Wir alle haben große Angst um dich gehabt!"

„Ach, Tanja, du weißt doch: Unkraut vergeht nicht, wie man so sagt! Und selbst für den Fall des Falles: Ich habe alle Eventualitäten bedacht, alles liegt bei Thomas! Bei dir habe ich ohnehin keine Bedenken, dass du im Leben nicht zurechtkommen könntest, und für Anna habe ich vorgesorgt. Mach dir also keine unnützen Gedanken!"

Vor noch nicht allzu langer Zeit hatten ihre Gespräche andere Themen als die Vorsorge zum Inhalt gehabt. Bevor Beat in ihr Umfeld kam, war ihr Hauptthema neben der Firma ihre Liebesbeziehung. Tanja erschien bis zu diesem Tag, nein, eigentlich bis zur Geburt von Anna unverändert liebevoll zu ihm, und er war und ist bis zur Selbstaufgabe in sie verliebt – er hätte alles für sie geben und tun.

„Eigenartigerweise war die Übertragung von Geschäftsanteilen an Beat und Tanja der Faktor, der sich sehr negativ auf unsere Beziehung auswirkte, und jetzt kam auch noch mein Herzinfarkt mit seinen Folgenproblemen als Belastung hinzu", sinnierte er irgendwann im Krankenbett, als Tanja wieder einmal nicht für ihn da war.

Sie hatte auch in dieser Situation keine Angst um das Leben ihres Mannes. Sie dachte aber vermehrt über eine Trennung nach, denn die Beziehung zu ihm beschränkte sich inzwischen auf die praktischen Seiten des Lebens. Sie wohnte in einem schönen Haus, hatte eine Haushälterin fürs Grobe und für die Kinderbetreuung, eine sehr gute finanzielle Situation, einen ihr fast schon als hörig zu bezeichnenden Ehemann und, nicht zu vergessen, einen vitalen Liebhaber: Was will Frau mehr vom Leben!

Fünf Tage dauerte der Aufenthalt von Martin im Krankenhaus, seiner Ungeduld nach wäre er gern schon am dritten Tag wieder nach Haus gegangen, aber die Ärzte waren natürlich dagegen. Eine Liste mit einzunehmenden Medikamenten verschiedener Art, vorweg Aspirin für die Blutverdünnung und Medikamente gegen erneute Ablagerungen im Blut standen jetzt neben der Marmelade auf dem Frühstückstisch, widerwillig von Tanja betrachtet: „Kannst du das Zeug nicht woanders hinstellen? Mir wird ganz schlecht, wenn ich das alles sehe!"

Martin griff seine Medikamente und legte sie auf den Kühlschrank.

„Wann kommst du denn wieder in die Firma? Oder setzt du dich jetzt aufs Altenteil?", stichelte sie mindesten einmal täglich bei diesem Thema, wohl wissend, dass sich Martin noch schonen musste.

„Mama, Papa ist doch noch so krank, warum ärgerst du ihn denn immer damit?" Die kleine Anna kuschelte sich auf Papas Schoß.

„Sei still, du dummes Kind, davon verstehst du nichts. Beat

und ich schuften in der Firma wie die Wilden und er", damit sah sie böse zu Martin hinüber, „und er sitzt hier und tut nichts. Also sei still, Kind!"

Anna drückte sich noch fester an Martins Brust: „Papa, wir halten zusammen!"

Einen Augenblick später, Anna hatte während Martins Ausfall zwei Tage im Büro verbracht, weil Frau Bliemel wegen einer familiären Angelegenheit in Urlaub war, fragte sie ihre Mutter: „Mama, stimmt das eigentlich, was die Leute in der Firma sagen?"

„Was soll stimmen?" war die Gegenfrage.

„Na, dass Beat dich immer küsst und am Busen anfasst!"

Tanja erstarrte.

„Wer hat das behauptet?"

„Sag ich nicht!"

„Komm sofort her und sag mir, wer das behauptet hat!"

„Nein!" antwortete Anna störrisch, „Ich habe es versprochen!"

„Wenn du das nicht sagst, darfst du morgen nicht zu deiner Freundin!"

„Du bist gemein!" rief Anna, sprang von Martins Schoß herunter und rannte in ihr Zimmer.

Martin sah Tanja mit großen Augen an: „Stimmt davon auch nur irgendetwas, Tanja?"

Die schüttelte den Kopf: „Da hat jemand etwas völlig falsch gesehen und auch die falschen Schlüsse gezogen, Martin! Ja, Beat hat mich, als ich so in Sorge um dich war, ein-, zweimal in den Arm genommen, um mich etwas zu trösten – aber mehr war da nicht, glaube mir!"

„Ich denke, dann solltest du das unserer Kleinen auch erklären! Ich schlage vor, dass du sie jetzt freundlich herunterrufst und wir die ganze Sache in Ruhe und ohne Streit besprechen. Und dann wollen wir zu Abend essen."

Martin schien zunächst beruhigt zu sein, weil Anna sich wirklich wieder gefangen hatte, nachdem ihr Tanja die Verdächtigungen aus ihrer Sicht erklären konnte. Dennoch: Ganz tief in seinem Innersten keimte ein erster Gedanke von Eifersucht auf.

Tanja. Beat. Das Abendessen bei Giovanni. Ihr Zögern beim Rufen des Arztes. Warum kam sie erst am nächsten Tag ins Krankenhaus? Und dann auch noch ihre totale Zurückhaltung in Sachen 'Liebe' – alles Dinge, die ihn sehr nachdenklich machten!

Seit längerem hatte sich eine unsichtbare Mauer zwischen ihnen aufgetan. Vorbei waren die Zeiten mit ihrem ungezügelten Sex. Vorbei waren die Stunden trauter Zweisamkeit, vorbei die kleinen täglichen Zärtlichkeiten, die das Leben so schön machten. Jetzt gab es nur noch ein geschäftliches Miteinander, Streit über Kleinigkeiten, besonders, wenn es um Anna ging, böse Blicke seiner so geliebten Frau.

Martin war wegen seiner Rekonvaleszenz für mehrere Wochen außer Gefecht gesetzt. Schonung und leichtes Herztraining waren statt Bürostress angesagt. Anna wurde in dieser Zeit fast ausschließlich von der Haushälterin betreut.
Er schlief lange, ließ sich nach einem einsamen Frühstück mit dem Taxi zu seinem Physiotherapeuten fahren, hatte sich zusätzlich einer Herzsportgruppe angeschlossen, um schnell wieder fit zu werden. Frau Bliemel hatte seine Ernährung umgestellt, anstelle von Braten und Kartoffeln gab es jetzt Obst und Gemüse, hin und wieder Geflügelfleisch.

Es drängte ihn, endlich wieder seiner Arbeit nachgehen zu dürfen, sprach deshalb auch seinen Hausarzt an, der ihn nach dem Infarkt weiterhin betreute.

„Ich kann dich ja ohnehin kaum davon abhalten, Martin",
war der Kommentar seines alten Freundes, Dr. Ortlieb Meister,
„aber versprich mir, langsam zu treten, jede handfeste Aufre-
gung kann dich umbringen, solange du noch nicht wieder ganz
stabil bist. Ein Herzinfarkt der Art, wie du ihn hattest, kann sich
wiederholen und das würde dir überhaupt nicht bekommen! Ich
kann dir nur raten, alle Aufregungen und Anstrengungen zu
vermeiden. Schon dich!"

Am Freitag der folgenden Woche eröffnete ihm Tanja beim
gemeinsamen Frühstück, dass sie sich an diesem Tag frei nehmen wolle, um über das Wochenende zu ihrer Freundin Billie
nach Kiel zu fahren.
    Auf seine Frage, was sie dort vorhabe, kam die kurze Ant-
wort: „Billie und ich wollen endlich einmal wieder richtig feiern, Spaß haben. Von dir ist in dieser Richtung ja nichts zu erwarten", war die unfreundliche Antwort, „du hast ja sowieso
immer nur das Kind im Sinn!"
    Sie nahm ihre vorbereitete Reisetasche, verließ das Haus,
stieg in ihren Wagen, einen schicken Spider, und öffnete das
Klappverdeck. „Soll ich sie von dir grüßen?" Sie fuhr davon,
ohne auf seine Antwort zu warten.
    Die kleine Anna, die den Nachmittag im Kindergarten ver-
brachte und von Frau Bliemel abgeholt wurde, war nicht besonders betrübt, als sie durch ihren Papa von der Reise ihrer
Mutter erfuhr. Nach dem Abendessen kuschelte sie sich mit
Martin zusammen in den alten Ohrensessel: „Ach, Papa, wenn
Mama nicht da ist, machen wir beide es uns so richtig gemütlich!"

Später, nachdem er Anna noch eine Gute-Nacht-Geschichte
vorgelesen hatte, versuchte er, Tanja auf dem Smartphone zu
erreichen, er möchte gern ihre Stimme hören: „Dieser An-

schluss ist vorübergehend nicht erreichbar", antwortete ein Automat.

Aus einer Eingebung heraus versuchte er, Beat telefonisch zu erreichen, wollte ihn noch etwas zum aktuellen Projekt fragen. „Dieser Anschluss …!"

Der Samstag brachte mit Sturm und Regen einen typischen Herbsttag. Ein großer Teil der Blätter der großen Eichen in der Straße wurde bereits von den Böen durch die Allee getrieben. Sie wirbelten um die Häuser, bildeten kleine Hügel auf den windabgewandten Seiten der abgestellten Fahrzeuge, bis sie vom Sturm erneut aufgewirbelt wurden. Anna sah beim Frühstück hinaus in den Garten und freute sich über das Spiel des Windes mit den Blättern. „Ach Papa, das ist so schön heute allein mit dir!". Sie hatte recht: es war ein guter Tag, um mit ihrem Papa die Zeit zu verbringen.

Auch Martin gefiel die Situation mit seiner Kleinen, obwohl seine Gedanken häufig zu Tanja abschweiften …

Vater und Tochter gingen nach dem Frühstück hinaus in den Garten. Der Wind blies ihnen kalt in die Gesichter, wirbelte das Laub herum und von der alten Eiche fielen die Eicheln auf den Rasen und auf die Terrasse.

„Papa, ich will aus den Eicheln Tiere basteln, Frau Bliemel soll mir dabei helfen, die kann das ganz prima!"

„Und ich kann das nicht?" Martin spielte etwas beleidigt und verzog das Gesicht.

„Ach Papa, nicht traurig sein, du kannst prima Picknick, das kann Frau Bliemel nicht so gut wie du!"

Anna sammelte und sammelte, ein am Gartenzaun stehender Eimer diente zur Aufbewahrung. Martin musste seine Kleine bremsen: „Anna, nicht so viele, die Eichhörnchen müssen auch noch etwas für den Winter haben!"

Am späten Sonntagabend war Tanja aus Kiel zurück. „Es gibt nichts zu erzählen, Martin. Ich bin müde!", äußerte sie auf Martins Frage und zog sich sofort in ihr Zimmer zurück.

„Was wollte sie tatsächlich in Kiel?", fragte sich Martin, „Hat sie noch immer Kontakt zu ihrem alten Lebensgefährten? Oder war sie tatsächlich nur bei ihrer Freundin?"

Über sein Smartphone suchte er am nächsten Morgen die Telefonnummer von Billie Eilers und wurde tatsächlich fündig. Sein Anruf dort verwirrte ihn mehr, als er ihn beruhigte – Tanja hatte Billie zwar kurz getroffen, aber die Nacht verbrachte sie in dem ‚Lokal', in dem sie früher an der Bar gearbeitet hatte.

10 Doppeltes Spiel

November 2009

Schon drei Wochen nach dem Eingriff fühlte er sich wieder gesund und einsatzfähig. Bevor er jedoch wieder im Büro aufkreuzte, wollte er sich noch einen schönen Vormittag im Café oben im Einkaufszentrum gönnen. Ausnahmsweise fuhr er mit dem Stadtbus.

Der Bummel von der Haltestelle durch die Straßen der Innenstadt tat ihm gut. Endlich waren wieder einmal viele Menschen um ihn herum, es herrschte ein munteres Treiben.

Er betrat das Zentrum und fuhr mit der Rolltreppe hinauf, durchquerte die Buchhandlung und erreichte so über die Treppe das Café.

Dort fand er einen Platz am Fenster, wie er es liebte, und ließ seinen Blick über die Stadt schweifen.

„Es ist schon schön hier in unserer Stadt", ging ihm durch den Sinn, und auch „was kann ich nur tun, damit mich Tanja wieder wie früher liebt?"

„Was darf ich Ihnen bringen?", schreckte ihn die hübsche Serviererin aus seinem Tagtraum auf.

Etwas verzögert gab er seine Bestellung auf: „Großes Frühstück mit einem Kännchen Darjeelingtee." Auf Kaffee wollte er noch verzichten.

Die Serviererin war gerade gegangen, um am Tresen die Bestellung aufzugeben, als ein etwa 40-45 Jahre alter Mann, sportlich mit Jeans und Jackett gekleidet, an seinen Tisch trat.

„Guten Morgen, Herr Winkler – Sie sind doch Martin Winkler?"

Martin war etwas verwirrt, woher kannte ihn dieser Mensch?

„Sie kennen mich nicht, aber ich kenne Sie. Ihre Frau heißt Tanja, und ihr Geschäftspartner heißt Beat Holsten. Wenn es Ihnen recht ist, setze ich mich auf ein paar Minuten zu Ihnen, darf ich?"

Martin war verwirrt, nickte zustimmend.

Die Serviererin brachte Martins Frühstück, schenkte ihm die erste Tasse Tee ein. „Guten Appetit!"

Sie wandte sich dem zweiten Mann am Tisch zu: „Darf ich Ihnen auch etwas bringen?"

Der schüttelte den Kopf: „Nein, danke, ich gehe gleich wieder!"

Der Fremde ergriff sofort das Wort.

„Mein Name ist Tim Haller. Ich wohne in Kiel."

Erstaunen bei Martin war die erste Reaktion auf diese Sätze.

„Zurzeit habe ich geschäftlich hier in der Stadt zu tun, denn ich interessiere mich im Wesentlichen für die Steuerung von Haushaltsgeräten per Smartphone, wie sie Ihr Unternehmen entwickelt.

Vorhin, als Sie dieses Café betraten, habe ich Sie sofort erkannt, das Foto von Ihnen auf der Homepage von NewIT ist sehr gut, und auch Ihre Frau habe ich sofort erkannt und habe mich verwundert. Ihren Geschäftspartner Holsten kenne ich allerdings nicht."

Der Fremde schwieg einen Augenblick, Martin sah ihn interessiert an.

„Wieso interessieren Sie sich für meine Frau und mich? Oder ist es ein geschäftliches Interesse? Dann bin ich zurzeit der falsche Ansprechpartner, Herr", er überlegte eine Sekunde, „Herr Haller, denn ich bin noch krankgeschrieben nach meinem Herzinfarkt. Zurzeit sind meine Frau und Herr Holsten Ihre Ansprechpartner bei NewIT."

„Nein, nein, in diesem Fall ist es eine persönliche Angelegenheit, die mich veranlasst, mit Ihnen zu reden, ich war nämlich lange Jahre mit Tanja liiert!"

Martin saß wie versteinert am Tisch, starrte auf sein Frühstück. „Sie waren was? Mit meiner Frau liiert? Lange? Und warum sind Sie auseinander gegangen?"

„Ich weiß nicht, ob Sie das wirklich wissen wollen, Herr Winkler."

„Natürlich, wenn Sie mich schon so neugierig machen!"

„Nun gut. Wir haben etwa drei Jahre zusammengelebt, in meinem Haus in Holtenau. Sie hatte gerade ihr Abitur abgelegt, als wir uns in einer Diskothek kennengelernt haben.

Sie kennen Tanja – sie ist eine Frau, die man nicht vergessen kann, von der man nicht lassen kann! Ich besaß und besitze noch immer eine Firma, die hochmoderne Haushaltsgeräte fertigt und vertreibt, deshalb mein Interesse an den Produkten Ihres Unternehmens. Es ist doch noch Ihr Unternehmen, Herr Winkler?"

Haller zögerte etwas, bevor er weiterredete.

„Wieso stellen Sie ausgerechnet diese Frage? Ja, ich bin Haupt-Anteilseigner von NewIT".

„Warum ich Sie das frage? Aus eigener schlechter Erfahrung, Herr Winkler!" Er blickte in diesem Augenblick sehr nachdenklich.

„Lassen Sie mich davon erzählen! Alles in unserem gemeinsamen Leben fühlte sich total richtig an, bis, ja, bis ich auf die verrückte Idee kam, Tanja an meinen Unternehmungen zu beteiligen. Von dem Tage der Anteilsübertragung an, es waren immerhin neunundvierzig Prozent, war unser bis dahin so schönes Leben zu Ende! Sie zog aus dem Schlafzimmer in unser Gästezimmer, verweigerte jede Art von Zärtlichkeit, wollte einfach keinerlei Gemeinsamkeit mit mir. Ich schlug ihr vor, zum 'Kitten' unserer Beziehung eine schöne gemeinsame Reise zu machen – nach längerem Zögern willigte sie schließlich ein."

Haller winkte der Bedienung zu: „Bitte bringen Sie mir doch einen Cappuccino", dann fuhr er fort:

„Herr Winkler, wo haben Sie Tanja eigentlich kennengelernt?"

„In Kairo, während eines zufälligen Zusammentreffens in
der Hotellobby."

„In Kairo? Zufällig? Na ja, bei Tanja gibt es keine Zufälle,
alles ist von ihr bis in das letzte Detail geplant, glauben Sie es
mir! Die Ägyptenreise hatte ich für sie und mich gebucht. Kurz
vor dem Reisetermin, sie hatte schon die Tickets, hat sie einen
gewaltigen Krach provoziert, meine Reiseunterlagen zerrissen
und ist aus unserer Wohnung ausgezogen, in ein schon vorher
ohne mein Wissen angemietetes kleines Appartement."

Die Serviererin brachte den Cappuccino.

„Sie kennen Tanja als eine gefühlvolle Geliebte. Sie kennen
sie als liebevolle Ehefrau, solange SIE in ihrem Sinne richtig
funktionieren. Wenn Sie sich, Herr Winkler, Fehler erlauben
sollten oder vielleicht schon begangen haben sollten, wird sie
dies gnadenlos gegen Sie ausnutzen, glauben Sie mir!"

Martin saß dem Fremden sehr, sehr nachdenklich gegenüber,
nahm den letzten Schluck Tee aus seiner Tasse. Ihm ging so
manche Situation der letzten Wochen und Monate durch den
Sinn.

„Ich will und kann das alles kaum glauben, Herr Haller, und
ich muss Ihre Informationen zunächst einmal einordnen! Trotzdem: Danke für Ihre Aufrichtigkeit. Nein, so ad hoc kann ich
noch keine Schlüsse daraus ziehen, falls das Ihre Frage werden
soll, aber ich bin schon sehr nachdenklich geworden bei Ihren
Informationen zum Thema 'Tanja', sehr nachdenklich! Was ist
denn aus den Anteilen geworden, die Sie Tanja übertragen haben?"

„Sie hat sie verkauft, an meinen schärfsten Wettbewerber!"

„Oh, das tut weh!"

„Kann man so sagen, Herr Winkler. Immerhin: Ich konnte

mich mit der Konkurrenz inzwischen einigen, habe einen Teil meiner ehemaligen Anteile zurückkaufen können. Jetzt bin ich wieder auf Expansionskurs, habe wieder den Mut dazu."

Er winkte der Bedienung zu, zahlte und verabschiedete sich: „Mal sehen, was Tanja sagt, wenn ich nachher bei NewIT auftauche. Ich kann nur hoffen, sie behält die Nerven. Jetzt aber sage ich zunächst 'Auf Wiedersehen', Herr Winkler, leben Sie wohl, vielleicht sehen wir uns ja irgendwann wieder, Ich wünsche Ihnen eine gute Genesung!"
Martin hatte während des Gespräches mehrmals an die Informationen gedacht, die er von Billie hatte, jedoch den Gedanken verworfen, Haller damit zu konfrontieren.
Sein unerwarteter Besucher verließ das Lokal über die Treppe und ließ einen überaus nachdenklichen Martin Winkler zurück.

Die von ihm gerade erfahrenen Fakten über seine geliebte Tanja, auch wenn es in der letzten Zeit einige Probleme gab, zwangen ihn, über seine Situation nachzudenken.
Er zahlte und ging gedankenvoll zurück in sein Haus, um die neuen Informationen einordnen zu können. Dieser Tag sollte nicht der letzte sein, der ihn an Tanja zweifeln, verzweifeln ließ!

11 Die Scheidung

Sommer 2011

Die Überlegungen für die Scheidung von Martin reiften in Tanja zügig heran und ihr Geliebter wurde immer ungeduldiger, wurde zur Triebfeder ihres Vorhabens. In seinen Gedanken sah er sich bereits als Geschäftsführer der Firma, verheiratet mit der 'schönsten Frau der Welt', wie er immer zu sagen pflegte.

„Wenn du erst einmal von Martin geschieden bist, gehört uns nicht nur das Bett, sondern auch die Firma, meine Geliebte! Die paar Prozent Geschäftsanteile, die dein Kind hält, werden wir schon noch bekommen, du musst Martin nur entsprechend weichklopfen!"

„Ich werde das Problem 'Martin' mit 'Zuckerbrot und Peitsche' lösen, verlass dich darauf, Beat. Mit den entsprechenden Aktivitäten im Bett kriege ich jeden Mann zu allem, was ich will, du kennst mich!"

Tanja fuhr tatsächlich eine Doppelstrategie: Hin und wieder, wenn sie in der gemeinsamen Wohnung war, verführte sie Martin sexuell so intensiv, dass er ihr immer wieder neu verfiel, auf der anderen Seite war sie nüchtern und kalkulierend wie im Geschäft. Auf der einen Seite praktizierte sie die „Trennung von Tisch und Bett", auf der anderen erfuhr, außer natürlich ihrem Geliebten, niemand vom Sex mit ihrem Noch-Ehemann.

Sie hatte ein Verhältnis mit Beat, alle Welt wusste davon, nur Martin wollte es nicht glauben. Häufig blieb sie über Nacht 'wegen vieler Arbeit' in dessen Wohnung neben dem Büro, kam nur noch selten in das alte Haus in der Parkallee, kümmerte sich kaum noch um Anna. An fast jedem Tag gab es zwischen den Eheleuten Streit, es war erstaunlich, dass die Zusammenarbeit auf beruflichem Gebiet noch so gut funktionierte!

Tanja provozierte Martin, wann und wo immer es ihr möglich war. Sie versuchte, trotz ihrer Abneigung gegenüber 'dem Kind', Anna von ihrem Vater zu entfremden, in dem sie die Kleine mit zu Beat nahm. Sie strapazierte Frau Bliemel, die treue Seele des Hauses, mit aggressivem Verhalten, mit Beschimpfungen, dann wieder durch Ignorieren – kurz, sie machte der armen Frau das Leben im Haus Winkler zur Hölle.

Der Vormittag im Büro an diesem sommerlichen Mittwoch verlief wie so viele andere mit viel Routinearbeit. Post bearbeiten, ein schneller Kaffee zwischendurch, Meeting mit leitenden Mitarbeitern, Besprechung über aktuelle Projekte mit Tanja und Beat, Mittagspause.

Am frühen Nachmittag rief sie bei ihm an.
„Ich möchte dich gern kurz unter vier Augen sprechen, Martin, es ist wichtig!"
Sie kam gegen fünfzehn Uhr in sein Büro und fiel sofort 'mit der Tür ins Haus', wie man zu sagen pflegt.
„Ich werde die Scheidung einreichen, Martin", sagte sie, „meine Anwältin wird sich kurzfristig mit dir in Verbindung setzen. Und wenn wir gerade darüber reden: Ich will die Verwaltung der Anteile des Kindes übernehmen!"

Diese knappe Ankündigung und ihre Forderung kamen für ihn völlig überraschend. Er war erschüttert, so ernst hatte er die Situation bisher nicht eingeschätzt. Trotz aller Querelen seitens Tanja und ihrer zeitweiligen Aggressivität und auch trotz seines aufkommenden Misstrauens war seine Liebe zu ihr ungebrochen, gerade auch wegen ihrer gelegentlichen intensiven Aktivitäten im Ehebett!

Sicher, es lag schon fast ein Jahr des unerfreulichen gemeinsamen Lebens, das sie bewusst so provoziert hatte, hinter ihnen – aber Scheidung?

„Ist das wirklich dein Ernst? Wir können es doch noch einmal miteinander versuchen – ich liebe dich wie am ersten Tag, wie in der ersten Nacht unter den Sternen in der Wüste!"

„Martin, lass es, du bist mir als Mann nicht mehr genug. Um es ganz deutlich zu sagen, deine ewigen Liebesschwüre gehen mir auf die Nerven, ändern daran auch nichts. Ich habe mich in Beat verliebt, nein, ich liebe ihn und will in Zukunft mit ihm und dem Kind zusammenleben, als richtige Familie. Noch eines, damit du es endlich begreifst: Ja, ich war in dich verliebt, und damals habe ich keine Stunde mit dir bedauert. Wir hatten herrlichen Sex miteinander, es war eine schöne Zeit. Aber das ist nun Vergangenheit, Beat hat mir auch auf diesem Gebiet eine Menge mehr zu bieten, falls du verstehst, was ich meine. Deine Zeit mit mir ist endgültig vorbei!

Ich werde in der kommenden Woche meine Sachen abholen lassen, Frau Bliemel soll vorher alles verpacken, ich habe sie bereits entsprechend instruiert. Auch das Kind wird zu Beat und mir kommen, denn Anna braucht eine aktive, funktionierende Familie und keinen Haushalt mit einem alten Mann und seiner ebenso alten Putzfrau!"

Martin war während Tanjas Vorwürfen immer weiter in seinem Schreibtischsessel zusammengesunken. Er war in seinem tiefsten Innersten erschüttert. Dann stand er wortlos auf, verließ das Büro und fuhr in seine Wohnung, in der ihn Frau Bliemel, ganz erstaunt über sein frühes Kommen mitten in der Woche, begrüßte:

„Ist etwas passiert? Sind Sie krank, Herr Winkler? Kann ich etwas tun?"

Martin schüttelte nur den Kopf und ging grußlos an ihr vorbei in sein Arbeitszimmer, ließ sich in den neben dem kleinen Rauchertischchen stehenden alten Ohrensessel fallen.

„Alles aus, alles vorbei! 'Alter Mann' hatte sie gesagt. Meine kleine Anna will sie mir nehmen. Hätte ich doch nur diesen Menschen nie eingestellt!"

Hätte, könnte, sollte … Konjunktive halfen ihm nicht weiter, aber zurzeit war er in tiefster Traurigkeit gefangen – seine Gedanken drehten sich im Kreise.

Seine 'treue Seele', wie er den guten Geist des Hauses oftmals zu nennen pflegte, kam auf leisen Sohlen durch die offene Tür des Arbeitszimmers herein:

„Wie wäre es mit einem kleinen Cognac, Herr Winkler?"

„Ach, Frau Bliemel, nein, danke, mir ist nicht danach. Eigentlich ist mir zum Heulen zumute!"

„Was ist denn geschehen?"

„Meine Frau wird sich scheiden lassen, wie sie mir gerade im Büro eröffnet hat!"

„Oh!"

Sekundenlanges Schweigen.

„Ich hatte es vermutet, Herr Winkler, ganz ehrlich, ich hatte es vermutet! Erst vorgestern hat sie mir Anweisungen gegeben, welche ihrer privaten Dinge ich für sie verpacken solle."

„Sie hatten es also erwartet?"

„Ja, schon. Ihre Frau verhält sich in der letzten Zeit immer sehr, sagen wir einmal vorsichtig, sehr eigenartig. Sie ist nachts häufig außer Haus, ist ungeheuer aggressiv mir gegenüber, auch gegenüber der kleinen Anna verhält sie sich immer ziemlich unfreundlich – und vom Verhalten Ihnen gegenüber will ich gar nicht reden! Haben Sie das alles denn nicht bemerkt?"

Er sank noch etwas tiefer in den Sessel.

„Ach, Frau Bliemel, ich liebe meine Frau noch immer wie am ersten Tag, da übersieht man so einiges, vielleicht will man es übersehen … Wie soll es denn jetzt weitergehen? Was mich besonders betroffen macht, ist ihr Plan, Anna mit in ihre neue Beziehung zu nehmen! Was soll denn unsere Anna bei Beat und Tanja? Da geht meine Kleine doch unter!"

„Herr Winkler, wo Anna bleiben darf, entscheidet später ein Familiengericht und nicht Ihre Frau. Warten Sie das alles erst einmal ab, schlage ich vor!"

Die lebenserfahrene Frau versuchte, ihn seelisch wieder etwas aufzurichten:

„Herr Winkler, wenn ich Ihnen einen Rat geben darf: Lassen Sie Anna auf keinen Fall gehen, Sie werden sie nicht zurückbekommen! Ich will mich gern um die Kleine kümmern, während Sie außer Haus sind."

Martin sah sie nachdenklich an.

„Jetzt ist zunächst einmal Ihre Frau am Zuge, noch ist die Post von der Anwältin oder dem Anwalt nicht da, aber Sie sollten vorsorglich mit Herrn Rossmann reden!"

„Sie haben Recht, ich sollte erst einmal abwarten. Vielleicht überlegt sie es sich noch einmal. Und den Thomas werde ich morgen kontaktieren." Ein wenig Zuversicht kehrte in seine Gedankenwelt zurück: „Und jetzt geben Sie mir doch einen Cognac, liebe Frau Bliemel!"

Die Post aus der Kanzlei Barschel, Mölders und Partner ließ nicht lange auf sich warten, bereits zwei Wochen später war der Brief mit der Ankündigung des Scheidungsbegehrens im Postkasten.

Am Abend dieses Tages, als er sich des Ernstes seiner Situation wieder bewusst wurde, rief er erneut seinen alten Freund und Anwalt Thomas Rossmann an, schilderte ihm die aktuelle Situation und den Inhalt des von Tanjas Anwältin verfassten

Schreibens.

„Lieber Martin, du hast keine Chance! Wenn Tanja die Scheidung will, wird sie sie auch erhalten, unsere Rechtsprechung will es so. Das früher angewandte Schuldprinzip wurde durch das Zerrüttungsprinzip ersetzt, Scheidungen erfolgen fast immer nach dem Trennungsjahr … Besonders schwierig wird die Situation natürlich wegen Anna. Hier wird ein Familiengericht entscheiden, wenn ihr euch nicht einigt!"

Tanja war inzwischen ausgezogen, hatte ihre restlichen noch im Haus befindlichen Dinge abgeholt. Und sie hatte Anna, während er im Büro in Kundengesprächen war, einen Teil der Spiel- sowie natürlich die Schulsachen mitgenommen. Damit hatte sie vollendete Tatsachen geschaffen.

Martin hatte, entgegen dem Rat seiner Haushälterin, schweren Herzens darauf verzichtet, Annas Umzug zu verhindern, denn er wollte, soweit möglich, die Streitigkeiten und die Scheidungsproblematik von seinem geliebten Töchterchen fernhalten.

„Du hast einen großen Fehler gemacht, Martin!" Sein Freund Thomas, der ihn auch in dieser Angelegenheit vertrat, war entsetzt. „Warum hast du denn nicht bei Annas Auszug sofort Kontakt zu mir aufgenommen? Wir hätten das verhindern müssen, jetzt hat Tanja vollendete Tatsachen geschaffen, das wird das Gericht sehr interessant finden! Wenn es dir gelingen sollte, Anna zurückzuholen, wäre das nur gut!"

„Ich wollte den Stress von ihr fernhalten, Thomas, meine Kleine nicht belasten, sie hat ohnehin schon so schrecklich geweint! Nein, ich will diesen Streit nicht!"

Schon drei Wochen später flatterte ihm eine Kopie des Schreibens der Anwaltskanzlei an das Familiengericht ins Haus.

An das Amtsgericht Oldenburg

Scheidungsantrag und Folgesachen

der Kauffrau Tanja Winkler geb. Beiling, geb. am
14. Mai 1977
wohnhaft Peterstraße 36a in Oldenburg
- Antragsteller -
Prozessbevollmächtigte: Rechtsanwältin Rosalie
Mölders

gegen

den Kaufmann Martin Winkler, geb. am
7. Oktober 1949,
wohnhaft Parkallee 24 in Oldenburg
- Antragsgegner -
Namens und im Auftrag der Antragstellerin
beantragen wir,
die am 22.Juni 2002 vor dem Standesbeamten in
Oldenburg
unter der Reg.-Nr. 2786 / 2002 geschlossene Ehe zu
scheiden

…

Es folgen Einzelheiten zu den Einkünften und der
Vermögenslage der Antragsgegner usw.

Martin saß wie versteinert vor dem Schreiben, las es wieder und wieder, zuerst erschüttert, dann völlig niedergeschlagen, schließlich aber voller Wut, denn er hatte immer noch auf ihre Rückkehr zu ihm gehofft. Jetzt rief er seinen Freund an.

„Thomas, hast du Zeit für mich? Ich bin völlig von der Rolle – es ist geschehen, Tanja hat tatsächlich die Scheidung beantragt. Ihre Anwältin hat mir geschrieben!"

Thomas hatte noch am Abend Zeit für seinen Freund. Er sah sich das Schreiben an: „Du hast keine Chance, Martin, wie ich dir schon gesagt habe! Sie ist doch schon weg, oder? Und hat tatsächlich auch Anna mitgenommen? Damit ist die Trennung 'von Tisch und Bett' vollzogen, wie es für eine Scheidung gefordert wird. Hättest du doch nur auf meinen Rat gehört! Du hast mir auch gesagt, dass ihr im Privaten ständig Streit miteinander hattet, stimmt das?"

Martin nickte.

„Ja, leider, aber komischerweise läuft es beruflich immer noch gut!"

„Sie wohnt jetzt mit Beat zusammen?"

„Ja!"

„Martin, in bin kein in Familienrecht spezialisierter Anwalt, aber wenn du willst, kann ich dich trotzdem vertreten – die Angelegenheit ist ja ziemlich eindeutig. Bleiben nur die Dinge, die Vermögen und Versorgungsausgleich betreffen, da musst du dich mit deinem Steuerberater zusammensetzen."

„Und ich Kamel überschreibe den beiden auch noch große Anteile an der Firma", grübelte Martin laut, „so dämlich kann nur ein verliebter Gockel sein!"

„Du hast noch deine 51 Prozent?"

„Ja, damit habe ich immer noch das Sagen, Thomas. Wenn ich die Informationen ihres früheren Partners vorher gehabt hätte ..."

„Wenig genug, aber gut. Du bist aber immer noch der Haupt-

Entscheider. Vielleicht können wir auf der Basis die Übertragung noch anfechten, aber es wird schwierig. Ich hoffe sehr, dass deine Anteile nicht in den Vermögensausgleich bei der Scheidung einfließen, dann bist du raus, bei den Immobilien sehe ich keine Probleme, die waren vorher da! Annas Anteile würden dir aber zurzeit ein wenig helfen, oder? Ich bin schließlich noch immer der Treuhänder. "

„Ich denke ja, du weißt ja, das sind nochmal neun Prozent!"

„OK, lass uns jetzt nicht über die Anteile reden. Willst du dich denn überhaupt ebenfalls scheiden lassen?"

„Nein, eigentlich will ich meine komplette Familie wieder hier mit mir in diesem Haus haben!" Martins Stimme ist bei seinen Worten energischer geworden. „Hier bei mir sollen Tanja, die ich ja dummerweise immer noch wahnsinnig liebe, und meine Anna leben!"

„Ach, Martin, vergiss das mit der Liebe, der Zug ist abgefahren, sie kommt nicht zu dir zurück. Ich denke, Tanja weiss ganz genau, was sie will! Komm, hol einen guten Roten aus dem Keller und dann reden wir über ganz andere Dinge!"

„Ja, du hast Recht, Thomas, ich sollte mich vielleicht mit dem Unabänderlichen abfinden."

Es dauerte nur etwa fünf Monate bis zur Einberufung der Sitzung vor dem Familiengericht. Die Anwälte hatten die finanziellen Modalitäten im Einvernehmen mit ihren jeweiligen Mandanten geklärt. Tanja behielt ihre Firmenanteile, Martins aktuelles Vermögen wurde nicht einberechnet, nur der Rentenausgleich, die Anteile von Anna blieben unter der Verwaltung von Thomas Rossmann.

Tanja konnte in der mündlichen Verhandlung vor dem Familiengericht dem Gericht die Zerrüttung ihrer Ehe schon vor der tatsächlichen Trennung deutlich machen, die getrennten Schlafzimmer und ihr Lebensmittelpunkt bei Beat verfehlten nicht ihre Wirkung auf die Richterin.

„Im Namen des Volkes" wurde die Scheidung der Eheleute Winkler ausgesprochen.

Bezüglich des Sorgerechtes für die gemeinsame Tochter Anna wurde entschieden, dass diese im Haushalt der Mutter und ihres neuen Lebenspartners leben solle, dem Kindsvater wurde ein Besuchs- und Umgangsrecht mit dem Kind zugesprochen, dafür wurden Einzelheiten festgelegt.

Am Abend nach dem Scheidungstermin saßen Martin und Thomas an Martins Schachbrett wieder einmal zusammen.

„Wie geht es meinem besten Freund heute Abend, hast du dich etwas gefangen, Martin?" fragte Thomas.

„Ach, frag mich nicht, eigentlich miserabel, obwohl ich eigentlich froh darüber sein sollte, dass die ewigen Streitigkeiten nun ein Ende haben."

„Eigentlich müsstest du jetzt zusätzlich einen weiteren Schlussstrich ziehen. Wenn ich mir vorstelle, mit meiner Ex und ihrem Neuen täglich zusammen zu arbeiten – ich weiß nicht, ob ich das könnte!"

„Du meinst, ich soll die Zwei aus der Firma werfen? Kann ich das denn überhaupt? Schließlich sind sie mit insgesamt vierzig Prozent Anteilseigner!"

„Natürlich wäre das möglich. Ich denke, dagegen könnten und würden sie auch nicht vor einem Arbeitsgericht klagen, schließlich ist euer Verhältnis zueinander völlig zerrüttet, da hätte eine Klage wenig Erfolg. Aber sie könnten natürlich mit ihren Anteilen manche deiner Entscheidungen blockieren."

„Ach, Thomas, ich denke, ich warte erst einmal ab, mal sehen, wie sich jetzt nach der Scheidung alles entwickelt!"

Nur drei Wochen nach der Scheidung, im Januar des folgenden Jahres, heirateten Tanja und Beat. Von diesem Tage an war Martins Leben noch mehr als zuvor in Unordnung, denn Tanja verweigerte ihm den Umgang mit seiner geliebten Tochter. Jedes Mal, wenn er sie für ein paar Stunden oder auch übers Wochenende zu sich holen wollte, gab es böse Worte und verschlossene Türen im Hause seiner Ex-Ehefrau!

Wenn er einmal Anna nach der Schule abpasste, um mit der Kleinen einige Worte zu wechseln, klagte sie ihm ihr Leid.

„Papa, Mama hat mich nicht mehr lieb, nur noch den Beat, ich will bei dir wohnen! Und Beat ist auch böse, den mag ich nicht. Ich will dort nicht sein, bitte hol mich da weg!" Und nach einer Pause: „Papa, ich bin immer nur traurig!"

Trotz aller Versuche, Tanja zum Einlenken in Bezug auf Anna zu bewegen, blieb sie stur.

„Das ist mein Kind, ich habe es bekommen und ich behalte es jetzt endgültig, bis es volljährig ist. Dann kann es immer noch entscheiden, mit wem es leben will!".

Aus Liebe zu seinem Kind schaltete Martin nicht das Jugendamt ein, noch immer wollte er jeden unnötigen Stress für seine Kleine vermeiden.

Die Aggressivität, mit der Tanja bei jedem Zusammentreffen dieses Thema abhandelte, erschreckte Martin. „Was ist nur aus dieser einst und eigentlich von mir noch immer so geliebten Frau geworden?" fragte er sich ein ums andere Mal. „Wie hat sie es geschafft, mich die ganzen Jahre über so zu täuschen?"

Teil 3

12 Martins Gedankenspielereien

März 2012

E s ist ein warmer Tag im Frühling, als Martin mit den Überlegungen für seinen Plan beginnt, lange genug hat er sich über die Ereignisse der Vergangenheit nur geärgert. Sein Blutdruck ist dabei in die Höhe gegangen, die Arbeitsmoral zwischenzeitlich gegen Null gesunken, jede Freude am Leben ist ihm vergangen – aber jetzt, heute, ganz aktuell, fasst er einen Entschluss.

Die ganze Angelegenheit bedarf einer umfassenden, gründlichen Vorbereitung. Nicht nur Ort und Zeitpunkt sind sorgfältig zu wählen, auch alle anderen Umstände müssen berücksichtigt werden.

Da wären Wetterkapriolen wie Regen und Sturm, vielleicht sogar Hitze in Betracht zu ziehen. Die Verkehrslage in der Stadt und auf den Autobahnen ist wichtig für das Gelingen und auch alle ihm verfügbaren eigenen Fähigkeiten wollen bedacht werden, schließlich ist er ja nicht mehr der Jüngste. Zu beachten ist auch nicht zuletzt die eigene Befindlichkeit zu dem Zeitpunkt, an dem die zu planenden Ereignisse stattfinden sollen. Jeder kleine Fehler, jede Unachtsamkeit könnte das Vorhaben zum Scheitern bringen, schwerwiegende Folgen haben …

Es gilt, einen guten, perfekten Plan auszuarbeiten. Dabei zu bedenken ist als zusätzliche Schwierigkeit, dass es nach der Ausführung seines Plans keine Aufzeichnungen geben darf, nicht auf Papier und erst recht nicht als Datei in seinem Laptop.

Aus Sicherheitsgründen gilt es deshalb, als erstes, das eigene Gedächtnis zu trainieren, aber auch hier darf leider keinerlei fremde Hilfe, z.B. durch einen erfahrenen Coach, in Anspruch genommen werden.

Martin seufzt bei dem Gedanken an die Schwierigkeiten, die im Vorfelde der Ausführung des Plans auf ihn zukommen werden, aber sein Vorhaben ist langfristig angelegt, und es erfordert keine Eile, denn darin könnten Fehlerquellen verborgen sein.

Die Grundidee eines Plans ist gefasst. Jetzt gilt es, das Gerüst mit Details zu füllen, die Vorbereitungen sorgfältig durchzuführen, gleich morgen in der Früh sollen sie beginnen. Das Ziel ist ihm völlig klar: Beat vernichten, Tanja und Anna zurückgewinnen!

Er setzt sich ganz entspannt in den von seinem Großvater geerbten alten ledernen Ohrensessel, schenkt sich ein kleines Glas seines geliebten Rotweins, eines Chateau Morbingan von 2008, ein, entzündet sorgfältig eine der wunderbaren Havannas, mitgebracht von einem guten Freund aus dessen letztem Kuba-Urlaub und liest das Feuilleton der Zeit.

Er lässt die Zeitung sinken. Seine Gedanken schweifen, er denkt an die schönen Jahre mit Tanja in diesem Haus zurück. Ja, diese Zeit zu erleben ist für ihn ein Gewinn gewesen, auch wenn seine einst und noch immer so geliebte (Ex-)Frau seine Zigarrenleidenschaft nicht teilen konnte und den alten Sessel am Liebsten auf den Sperrmüll gegeben hätte. Jetzt ist sie mit seiner kleinen Anna endgültig bei Beat, emotional so weit weg von ihm, auch wenn er sie täglich bei der Arbeit sieht. Das Kinderzimmer ist verwaist, die Spielgeräte im Garten sind seit langem unbenutzt.

Wenn er an Beat denkt, steigen Groll, Zorn, Rachegedanken

in ihm auf. Es soll ein einmaliger, endgültiger Schlag gegen das Ziel seines Angriffs sein; er wird seinen Gegner, will ihn, der ihm seine Liebsten genommen hat, vernichten! Nichts, aber auch gar nichts soll seinem Feind bleiben, nichts von allem, was ihm lieb und teuer sein mag, würde bleiben! Das Vermögen, und auch alles, woran er sonst hängt, soll diesem Menschen, wenn man ihn denn so bezeichnen will, genommen werden. Er würde ihm nehmen, was auch ihm zum Teil genommen wurde. Gut und Geld, Einfluss, Ansehen, Familie. Nein, nicht einen Teil, alles wird er ihm nehmen! Hass auf den Mann, den er selbst in die Firma geholt hatte, kommt immer wieder in ihm auf, so auch am heutigen Abend. Aber zunächst gilt es, den Plan zu entwickeln, um ihn dann irgendwann, für den Gegner völlig unerwartet, zu realisieren.

Er versucht, zu entspannen, seine Gedanken wieder in geordnete Bahnen zu bringen. Der Duft des Rotweins wird überlagert von dem der Zigarre - er genießt beides ganz intensiv, dazu Händels 'Feuerwerkmusik', gespielt von den Londoner Symphonikern aus seiner Audio-Anlage, die perfekt auf sein Wohnzimmer abgestimmt und auch optisch dem Stil des Raumes angepasst ist. Nirgendwo fühlt er sich wohler als hier in dieser Umgebung, die stilsicher geschmackvoll mit alten und neuen Möbeln eingerichtet ist und eine behagliche Atmosphäre ausstrahlt.

Der Raum atmet nicht nur Martins Familiengeschichte, sondern auch Tanjas guten Geschmack, ihre ganze Ausstrahlung – so vieles erinnert ihn an die schönen Zeiten mit ihr!

Die Sitzecke ist mit bequemen Polstermöbeln ausgestattet, helles Leder lädt zum Verweilen ein. Dazu ein gläserner Couchtisch mit polierten Messingbeinen, leicht geschwungen und in Löwenfüßen endend, in der Ecke des Raumes ein gleich gestalteter, aber deutlich kleinerer Tisch, auf dem eine sehr schöne

Hockerleuchte im Jugendstil sanftes Licht verbreitet.

Die Uhr geht schon auf Mitternacht zu, seine Gedanken haben unter dem Eindruck der Musik eine ruhige Struktur angenommen. Die Londoner Philharmoniker haben ihr Spiel beendet, der ist Wein getrunken, die Zigarre im Ascher erloschen.

Sein Blick fällt auf das Foto im silbernen Rahmen, das er auf dem Kaminsims platziert hat. Seine kleine Familie, Anna, Tanja und er selbst sind daraus zu sehen, daneben steht ein Hochzeitsfoto, das ihn mit seiner verstorbenen ersten Frau Martha zeigt.

Wehmut steigt in ihm auf, aber er wischt die Gedanken, die jetzt Besitz von ihm ergreifen wollen, mit einer emotionalen Kraftanstrengung beiseite. Nichts soll ihn von seinem Plan abhalten! Er löscht die Kerzen und das Licht der Hockerleuchte, danach die Außenbeleuchtung, dann zieht er sich in seinen in der oberen Etage liegenden Schlafraum zurück.

Morgen früh wird er beginnen, sein Vorhaben zu präzisieren. Was bisher nur Emotionen, nur Gedanken waren, soll ab morgen in konkreten Einzelschritten geplant werden.

Sein Schlaf ist unruhig wie so oft in der letzten Zeit. Immer wieder kommen traurige, auch schmerzhafte Gedanken an die Vergangenheit in ihm auf, in die sich häufig auch Wut und Rachepläne mischen.

Nach dieser unruhigen Nacht kommt der Morgen mit einem wolkenlosen Himmel und schon viel Sonne, verspricht einen schönen Tag und stimmt ihn wieder etwas positiver. Er wird sich heute frei nehmen, das Geschäft wird warten müssen – er kann sich auf seine Mitarbeiter und Mitarbeiterinnen verlassen, und schließlich sind Tanja und Beat auch noch da, die ihn vertreten können.

13 Kurze Begegnung - Tanja

April 2012

D as Sitzrondell im Einkaufszentrum am Schloss ist wirklich nicht als bequem und einladend zu bezeichnen. Die Sitzfläche ist zu tief und eigentlich auch zu niedrig, mit rotem Kunstleder bespannt, die Lehne zu senkrecht, eigentlich nur schön für kleine Kinder, wenn sie darauf in der Runde laufen können. Wenn es am Nachmittag von Schülerinnen und Schülern besetzt ist, kommt es häufiger vor, dass danach die Polster mit Eis- oder Ketchup-Resten verziert und somit nicht benutzbar sind. An diesem späten Vormittag jedoch ist noch alles in Ordnung, sodass er sich ohne Sorge um seine Tweedhose und das Jackett dort niederlassen kann.

Er mag es, an diesem oder einem ähnlichen Ort zu sein. Die Menschen bummeln oder hasten an ihm vorbei in die vielen Geschäfte und zu den Dienstleistern des Schlosszentrums. Eine elektronische Anzeige informiert über das Wetter und aktuelle Ereignisse, hin und wieder setzt sich jemand zu ihm, ohne jedoch ein Gespräch zu beginnen, meist sogar ohne einen Tagesgruß. Aber er ist gern hier, schweigend, seinen Gedanken nachhängend, die sich allerdings bereits seit längerer Zeit immer nur um ein Thema drehen.

Das Stakkato ihrer Absätze auf dem Marmor, der den Boden des Zentrums bedeckt, ist schon zu hören, als sie gerade erst die Passage betreten hat, er kann es sofort identifizieren. Warum dies so ist, kann er nicht sagen, aber die Tatsache selbst führt bei ihm zu einem deutlich spürbaren Anstieg von Puls und

Blutdruck.

Tanja! Seine Tanja!

Eine wunderschöne Frau mit ihren jetzt fünfunddreißig Jahren! Ihre Augen faszinieren ihn noch immer, die Bewegungen ihres Körpers und ihr Gang sind von einer Eleganz, die ihresgleichen suchen. Er ertappt sich bei einer Schwärmerei, wie er sie wohl zuletzt in jungen Jahren empfunden hatte.

„Hallo, Martin!"
„Hallo, Tanja! Ich freue mich, dich zu sehen!"
„Kann ich nicht so unbedingt unterschreiben, wenn ich an das vergangene Jahr denke!"
Es durchfährt ihn jedes Mal wie ein Stich, wenn er daran erinnert wird, und erst recht, wenn es durch Tanja geschieht, denn alle ihre Schwierigkeiten miteinander waren schließlich durch sie verursacht worden.

„Wollen wir trotzdem zusammen frühstücken gehen? Oder auf einen Kaffee? Das Café hier oben im Zweiten ist recht gemütlich!"
„Weiß ich, ich war schon einige Male dort. Frühstück nicht, du kennst mich ja, aber gut, lass uns hinauf gehen, einen Kaffee kann ich gebrauchen!"
Sie nehmen die breite Rolltreppe nach oben, fast schon ängstlich jeden Körperkontakt vermeidend.

Trotz seiner nun schon dreiundsechzig Jahre ist Martin ein für manche Frauen sehr anziehender Mann. Hochgewachsen, mit einem durchtrainierten Körper, wie es scheint, ein markantes Gesicht unter schon leicht ergrauten, kurz geschnittenen Haaren, was seine Wirkung auf fremde Menschen verstärkt. Manche der den beiden auf der hinunterführenden Rolltreppe entgegenkommenden Besucher des EKZ werfen ihnen bewundernde Blicke zu: „So ein gutaussehendes Paar!"

Martin genießt diesen kurzen Moment der Treppenfahrt; gleichzeitig steigen aber wieder Trauer und Bitterkeit in ihm auf.

„Verloren! Aber wenn sein Plan gelänge, vielleicht nicht für immer! Es geht um seine Familie, um Anna und Tanja." Seine Gedanken auf der Treppe kreisen wieder einmal um dieses Thema.

Im Café ist noch ein schöner Zweiertisch an der langen Fensterfront frei. Von diesem Platz aus haben sie sie einen wunderbaren Blick über die Stadt mit ihren kleinen und großen Häusern. Sie sehen auf die vielen grünen Bäume, die die Straßen besäumen und auf die wie Wegzeichen aus dem Häusermeer herausragenden Kirchtürme.

„Großes Frühstück mit Kaffee!", ordert Martin bei der Bedienung. Es ist wirklich Kaffee, ganz 'normaler' Kaffee und kein modernes Kaffeegetränk wie Cappuccino oder Latte Macchiato, und er ist gut und stark. Martin nimmt sich ein wenig Milch dazu. Das Frühstück ist lecker und reichlich, Brot, Brötchen, ein Croissant, dazu Butter, Marmelade, Honig. Am Büfett werden auch Aufschnitt und Käse, Rühreier, gebratener Schinken und Cabanossi angeboten.

„Du willst wirklich nur Kaffee?" Tanja meint immer noch, auf ihre Linie achten zu müssen, obwohl, wie schon gesagt, ihre Figur nichts zu wünschen übriglässt.

„Kaffee reicht, habe ich doch schon gesagt!" Sofort ist eine leichte Aggressivität ist in ihrer Stimme.

„Ist ja schon gut! Wie geht es dir? Und vor allem: wie geht es meiner kleinen Anna?"

Bei dieser eigentlich ganz harmlosen Frage verzieht Tanja das Gesicht. Ihre Stimme ist schneidend bei ihrer Antwort, die grünen Augen, die er noch immer so sehr liebt, funkeln wütend zu ihm hinüber: „Mir geht es sehr gut und der Rest geht dich nichts mehr an!"

„Entschuldige bitte, ich wollte dich nicht provozieren, ich wollte doch nur wissen, wie es meiner Tochter …!"

Tanja unterbricht ihn mit einer energischen Handbewegung: „Wenn ich nicht sofort wieder gehen soll, lässt du dieses Thema sofort fallen! Es ist erledigt!"

Martins Miene verfinstert sich, aber es gelingt ihm, seine aufkommende Wut und Enttäuschung zu unterdrücken. Nach einem ganz kurzen Augenblick hat er sich wieder unter Kontrolle. Nichts von seinen tatsächlichen Emotionen soll nach außen dringen.

„Ok, ok, ist ja schon gut, ich bin ja schon froh, hier mit dir ein paar Minuten zu verbringen!"

Das weitere Gespräch plätschert dahin. Allgemeinplätze, ein wenig aktuelle Politik, Stadtklatsch – alles Themen, die ihn nicht wirklich interessieren. Aber er genießt Tanjas Anwesenheit, ihre Stimme, ihren Anblick, ihre ganze Ausstrahlung.

Nach etwa vierzig Minuten steht sie plötzlich auf, ohne sich während der Unterhaltung auch nur einmal kurz nach seinem Leben, seiner Situation erkundigt zu haben; er scheint ihr völlig gleichgültig zu sein. Neun Jahre gemeinsamen Lebens – einfach ignoriert. Sie erhebt sich, will gehen, als Martin sich ein Herz fasst und sie zurückhält.

„Tanja, noch auf ein Wort. Ich muss mit dir noch etwas klären."

„Ist das gerade jetzt erforderlich? Ich muss eigentlich los, Beat wartet auf mich."

„Du solltest dir diese Zeit nehmen, ich sage dir auch, warum. Vor etwa eineinhalb Jahren habe ich auch hier gesessen, als mich ein gewisser Tim Haller ansprach. Du kennst ihn doch, oder?"

Er sieht sie aufmerksam an. Tanja setzt sich wieder hin, ist unter ihrem dezenten Make-up blass geworden.

„Du hast Tim getroffen? Ja, er war damals in der Firma, wollte mit uns ins Geschäft kommen. Ich habe ihn sofort weggeschickt, Beat hat sich dann noch etwas mit ihm unterhalten. Aus Tims Vorschlägen ist aber nichts geworden. Was hat er dir denn erzählt?"

„Nicht mehr als die Tatsache, dass du ihn trickreich um fast die Hälfte seiner Firma betrogen hast, unmittelbar, bevor wir uns kennenlernten. Er erzählte, dass selbst das Ticket für deine Ägyptenreise damals von ihm bezahlt worden sei. Er erzählte, dass du deinen erschlichenen Firmenanteil an seinen ärgsten Wettbewerber verscherbelt habest.

Wo ist denn nun das viele Geld? Und – hast du mit deinen Anteilen an unserer Firma das gleiche vor? Willst du deshalb unbedingt auch über Annas Anteile verfügen? Was bist du für ein Mensch, Tanja Holsten? Was kannst du mir dazu sagen?"

Bei seinen Worten ist Tanja sichtbar kleiner geworden auf dem Stuhl ihm gegenüber, sie versucht, die Fassung zu wahren, dann fängt sie sich wieder, setzt ihren ganzen Charme ein:

„Ich kann dir nur sagen: Martin, er lügt! Er hat dich belogen, wie er früher auch mich belogen hat, deshalb habe ich mich von ihm getrennt. Keines seiner Worte, die du mir gerade um die Ohren gehauen hast, ist wahr! Anscheinend wollte er jetzt ein neues Lügengebilde konstruieren, aber ohne mich!

Ich bin sehr enttäuscht von dir, dass du mir Derartiges unterstellst. Sein Geld hat mich nie interessiert, seine Anteile habe ich ihm zurückgegeben, nachdem du damals in Kiel um meine

Hand angehalten hast. Das war es, was ich damals in Kiel noch erledigen musste!"

Emotional aufgeladen greift sie nach ihrer Handtasche, verlässt das Café. Wie benommen bleibt Martin noch einige Minuten auf seinem Platz, fragt sich „wer belügt denn nun wen?", ruft dann nach der Bedienung.

Er zahlt das Frühstück und Tanjas Kaffee und verlässt das Café, sein zunächst planloser Weg führt kreuz und quer durch die City.

Für ihn hat dieses kurze Treffen eine entscheidende Bedeutung. Tanja lügt, dass sich die Balken biegen. Hat er hin und wieder schon einmal an seinem Vorhaben gezweifelt, ist ihm jetzt völlig klar, dass es durchgeführt werden muss.

Beat ist das Ziel! Er wird seine ganze Kraft darauf verwenden, diesen Mann aus Tanjas und seinem Leben verschwinden zu lassen!

14 Ein erster Schritt

Juni 2012

Die Straßen sind voller Menschen, daran hat sicher auch das milde, schon etwas vom nahenden Sommer zu spürende Wetter seinen Anteil, viele sind jetzt um die Mittagszeit eilig wie die Ameisen unterwegs. Der Verkehr ist laut und aufdringlich, als wolle jeder Autofahrer zeigen, wie wichtig er sei, wie großartig er fahren könne, wie dringend seine Fahrt sei. Aus vielen Wagen dröhnt Musik, lauter als die Polizei erlaubt, und die Abgase verdichten sich zu einem den Atem raubenden Smog.

Er geht zügig aus dem Zentrum der Stadt hinaus in den Schlosspark. Hier besteht die Chance, im Teegarten eine ruhige Sitzbank zu finden, um Gedanken auf ein Ziel fixieren zu können – die Begegnung mit Tanja vor sechs Wochen hat ihn wieder einmal sehr betroffen gemacht. Dennoch: Waren seine Überlegungen zuvor nur auf die Erstellung des Plans gerichtet, kommt jetzt der unbedingte Wille zur Realisierung dazu.

Er hat sich angewöhnt, schon aus beruflichen Gründen, stets ein kleines Notizbuch mit sich zu führen, und in der Innentasche seiner Jacke stecken zwei, drei Schreibgeräte: ein Füllfederhalter, ein Kugelschreiber, häufig auch ein Bleistift, so ist er für alle „Schreib-Notwendigkeiten" gerüstet. Seine Gedanken beginnen, sich wieder in analytischen Bahnen zu bewegen, der Zorn über Tanjas Verhalten damals hat sich gelegt.

Das Notizbuch soll jetzt zum Einsatz kommen.

Mit großen Buchstaben schreibt er mit Tinte „Das Projekt Tanja" in die Mitte des ersten Innenblattes und unterstreicht es mehrmals. Der letzte Buchstabe ist noch nicht getrocknet, da fällt ihm seine vorerst oberste Prämisse für den Plan ein: „Tue nichts, was später als schriftlicher Beweis für deine Aktivitäten genutzt werden könnte!" Folgerichtig reißt er das Blatt aus dem Heft heraus, dazu auch gleich die 'Gegenseite' am Heftende, verstaut seine Schreib-Utensilien wieder in der Innenseite des Jacketts; die Papierblätter würde er bei sich zuhause in den Kamin werfen. Details planen ohne Notizen, das ist eine schwere Aufgabe, die ihm im Berufsalltag noch nicht untergekommen war …

„Unsinn! Das mit den Notizen! Damit kann sowieso niemand etwas anfangen!" Er nimmt sein Notizheft und den Kugelschreiber wieder aus dem Jackett und schreibt erneut „TANJA" auf die erste Seite. In seinen Gedanken rekapituliert er die Situation, die es zu ändern gilt, und notiert erste Stichpunkte.

Schaffen von Vertrauen
T+B sanft bearbeiten, nachgeben, wenn Forderungen kommen
Einige wenige Geschenke für A. kaufen und liefern lassen
Beat mit Arbeit überhäufen, immer wieder auf Reisen schicken
Evtl. ihre Urlaubspläne torpedieren oder ausnutzen

Beat aus der Firma werfen wegen Wegfalls der Vertrauensbasis? Dazu Thomas befragen

Das Notizbuch und der Kugelschreiber verschwinden wieder in der Innentasche des Jacketts.

Bedächtig erhebt er sich und schlendert davon, fast wie ein Urlauber bei einer Stadtbesichtigung. „Ich sollte Thomas anrufen, vielleicht hat der Lust, mit mir heute Abend zu kochen, und wir einen könnten einen schönen Männerabend miteinander verbringen!"

„Martin! Schön, dich zu hören! Wie geht es dir?"

„Hallo, Thomas! Erzähle ich dir, wenn wir heute oder morgen Abend miteinander gekocht und uns einen guten Roten eingeschenkt haben!"

„Heute würde es gut passen, morgen haben Insa und ich Theaterkarten, Traviata, soll sehr gut sein! An was wollen wir uns denn heute versuchen, hast du eine Idee?"

„Ich habe noch nicht darüber nachgedacht, der Gedanke ans Kochen kam mir ganz spontan! Wie wäre es mit 'Osso buco'?"

„Nicht schlecht, besorgst du alles, was wir dazu brauchen? Ich komme hier nämlich nicht weg! Wo bist du überhaupt, ich höre keinerlei Bürogeräusche! Arbeitest du heute nicht?"

„Zum einen: Ich besorge alles und du kommst so etwa gegen sechs Uhr, passt das? Und zum anderen: Heute habe mir einen freien Tag gegönnt, ich bin noch im Schlosspark!"

„Unternehmer müsste man sein! Wir armen Anwälte sind ja ständig eingespannt im Job, die Klienten lassen unsereinen nicht in Ruhe … Ich werde pünktlich bei dir sein, ich freue mich schon – wir haben schon so lange nicht mehr gemeinsam gekocht!"

„Mir kommen die Tränen, lieber Freund, ehrlich!", flachst Martin, „aber so machen wir es, bis dann!"

„Bis später!"

Es ist für ihn eine große Freude, dass das gemeinsame Kochen mit Thomas stattfinden wird, es wird bestimmt ein netter Abend werden. Allerdings würde er nicht über seinen Plan reden dürfen, auch nicht zu seinem alten Freund Thomas, obgleich: Noch bestand der ganze Plan ja nur aus wirren Rachegedanken mit dem Ziel, Frau und Tochter zurückzugewinnen …

Er nimmt sein Smartphone zur Hand und spricht in die Suchmaschine: „Rezept Osso Buco". Es wird ihm eine große Zahl von Rezepten angeboten und er entscheidet sich für die Variante „Osso Buco milanese".

Viele der aufgeführten Zutaten, d. h. die Gewürze, Öl usw., abgesehen von allem Frischen, hat er ohnehin in seiner Küche, denn

Thomas und er kochen seit vielen Jahre immer wieder einmal gemeinsam. Auch als Single, der er ja nach der Scheidung wieder ist, hat er häufiger Freude am Kochen, erst recht gemeinsam mit einem guten Freund. Die Fleischmenge wird er reduzieren, das Rezept ist schließlich für vier Personen ausgelegt, denn sie werden ja nur zu zweit sein, aber das ist für ihn kein Problem.

Beschwingt macht er sich auf den Weg, geht eine Runde durch die Lange- und die Achternstraße. Bei einem Abstecher in die Schlosshöfe kauft er alle erforderlichen Dinge für das Kochen ein, dann tritt er beschwingt den Heimweg an, nimmt sich am Casinoplatz ein Taxi und lässt sich nach Haus chauffieren. „Ihre Sachen!", ruft ihm der Taxifahrer nach, als er schwungvoll, energiegeladen seinem Haus zustrebt. Er hatte voller Euphorie seine Einkäufe im Wagen vergessen!

So gut wie im Augenblick hat er sich schon lange nicht mehr gefühlt.

15 Abend unter Freunden

Juni 2012

Der Abend mit Thomas scheint, wie von ihm erhofft, ein voller Erfolg zu werden. Die beiden Männer kennen sich schon sehr lange, sie sind seit ihrer Schulzeit eng miteinander verbunden. Während Martin sein IT-Unternehmen aufgebaut hat, hat sich Thomas nach Jurastudium, Referendariat und mehrjähriger Tätigkeit in einer renommierten Anwaltskanzlei als Strafverteidiger selbständig gemacht – sehr erfolgreich übrigens, er hat schon so manchen Richter das Fürchten gelehrt.

Thomas hat sich etwas verspätet, er konnte sich nicht rechtzeitig aus seinem Büro freimachen, und so ist es inzwischen bereits neunzehn Uhr geworden. Nach einer herzlichen Begrüßung mit viel Schulterklopfen gehen die Freunde schwungvoll ans Werk, schließlich will das Fleisch fast zwei Stunden im Ofen gegart werden.

Wer die beiden Männer in Martins sehr gut ausgerüsteter Küche, die übrigens, wie so vieles im Haus, von Tanja aufwändig eingerichtet worden war, beobachtet, kann eine Professionalität feststellen, die so manchen Sternekoch hätte erstaunen lassen. Hand in Hand wird das Fleisch vorbereitet, werden die Kräuter herausgesucht, das Gemüse geschnitten und die Gremolata zurechtgemischt und beiseitegestellt, die dem Fleisch die richtige Würze geben wird. Der Weißwein ist nicht zum Trinken geöffnet worden - für den kleinen Schluck 'zwischendurch' hat Martin einen leichten roten Italiener aus dem Keller geholt.
Zum Fleisch soll es einen Risotto geben, Martin hat einen italienischen Reis besorgt, einen Vialone aus dem Feinkostladen in der

Gaststraße, in dem er stets für die besonderen Gelegenheiten einkauft; auch ein guter Parmesan gehört heute dazu. Die Freunde arbeiten zügig am Vorbereiten der Gemüse und des Fleisches, und schon um halb acht schmort das Gericht im Ofen.

Sie haben es sich gerade im Wohnzimmer gemütlich gemacht und diskutieren über Gott und die Welt, als das Telefon klingelt – eine Rufnummer wird nicht angezeigt. Es ist inzwischen kurz nach acht Uhr. Thomas geht in die Küche, nach dem Fleisch sehen.

„Ja?" Martin meldet sich in letzter Zeit stets, ohne seinen Namen zu nennen, „Was gibt es?"

„Papa, bist du es?" Die Stimme der kleinen Anna klingt schüchtern, ängstlich aus dem Telefon.

„Hallo, meine Süße!" Ein warmer Schauer beim Hören von Annas Stimme durchfließt ihn – gleichzeitig macht sich aber auch seine Melancholie in ihm breit, durchdringt seine Gedanken.

„Geht es dir gut? Schön, dass du mich anrufst, ich freue mich riesig darüber! Was ist denn los, du hörst dich nicht gut an!"

„Ich habe Angst, draußen ist es schon fast dunkel; Mama und Beat sind nicht da, und ich glaube, irgendwer will in das Haus einbrechen – ich fürchte mich so, kannst du kommen?"

„Warte einen Augenblick am Telefon, meine Kleine, ich muss ganz kurz etwas klären."

Er geht zu Thomas in die Küche: „Thomas, Katastrophe! Meine kleine Anna ist allein zu Haus und hat schreckliche Angst, sie sagt, jemand schleicht ums Haus und will einbrechen, ich muss da sofort hin!"

„Kein Problem, mein Freund, der Ofen braucht noch eine ganze Weile, der Risotto wartet auch noch und die Rotweinflasche ist offen", grinst er seinen Freund an.

Es ist Martin natürlich nicht recht, seinen Freund jetzt in der Küche zurücklassen zu müssen, aber seine geliebte Tochter ist ihm wichtiger.

Zurück im Wohnzimmer, nimmt er das Gespräch mit Anna wieder auf: „Keine Sorge, meine Kleine, ich komme! Wo bist du denn jetzt?"

„In meinem Zimmer. Ich habe große Angst, bitte komm schnell!"

„Ich komme, es dauert nur ein paar Minuten. Mach bitte über all das Licht aus und bleib dann in deinem Zimmer. Ich werde klingeln, wenn ich da bin, und dann kommst du, mir die Tür aufzumachen. Ich klingele 'ring – ring – riiing – ring', dann weißt du, dass ich es bin. Bis gleich, meine Kleine! Ach ja, nicht vergessen: Lass dein Smartphone eingeschaltet, dann hören wir uns, bis ich bei dir bin!"

„OK, Papa, komm schnell, ich höre draußen schon wieder etwas!"

Er geht hinüber zu Thomas in die Küche: „Ich fahre dann kurz zu meiner Kleinen, hältst du hier die Stellung? Ich hoffe, dass ich in einer halben Stunde wieder zurück bin, notfalls bringe ich Anna mit!"

„Mach du mal, ich kümmere mich derweil um unser Essen." Thomas wendet sich dem Ofen zu.

„Gut, bis gleich!" Martin holt den Wagen aus der Garage, schließt das Tor. Die Fahrt zum Haus von Tanja und Beat dauert nur wenige Minuten. Im Smartphone hört er über die Freisprechanlage im Wagen das Atmen von Anna – kein Grund zur Beunruhigung.

Als er in die Peterstraße einbiegt, sieht er am Rande der Straße, etwa 200 m entfernt, ein parkendes Auto, einen SUV ohne Licht, wie wartend. Weil ihm der Wagen eigenartig vorkommt, hält er auf dem Parkstreifen vor dem Büro. Langsam fährt der unbekannte Wagen ohne Licht bis zur Einfahrt zum Gebäude von NewIT, in dessen Seitentrakt Tanja und Beat mit Anna wohnen, stoppt kurz.

„Anna, hörst du mich?"
„Ja, Papa, wo bist du denn jetzt?"
„Fast schon vor eurem Haus, ich bin gleich da, bitte noch kein

Licht anschalten, erst wenn ich geklingelt habe. Hast du das verstanden?"

„Ja, ich habe so Angst, Papa!"

„Ich bin gleich da, nur noch ein paar Minuten. Handy anlassen, bis ich bei dir bin!"

„OK", flüstert seine Anna ins Telefon.

Am SUV geht das Licht an, dann fährt der Wagen mit niedriger Geschwindigkeit in Richtung Friedensplatz. Beim Vorbeifahren sieht Martin zwei Personen darinsitzen, die er aber nicht erkennen kann. Auf dem Nummernschild kann er nur den Ort erkennen, KI für Kiel, was ihn sehr verwundert. Als die Straße frei ist, fährt er in die Grundstücksauffahrt zum Wohnhaus.

Er steigt aus, sieht sich sorgfältig um – alles scheint in Ordnung. Dann lenkt er seine Schritte zur Haustür.

„Anna, ich stehe vor der Tür und werde jetzt klingeln. Wir machen das wie besprochen!"

„Ring – ring – riiiing – ring!" Der zu dieser spätabendlichen Stunde extrem laut erscheinende Klingelton schallt durch das Haus. An der Seite des Hauses vermeint Martin eine Bewegung zu erkennen – wahrscheinlich ist es aber nur eine Katze oder ein Igel, er hört ein leises Geräusch. Im Flur wird es hell, hinter der undurchsichtigen Glastür ist der Körper eines kleinen Menschen zu erkennen. Anna öffnet, Martin tritt ein, schließt sofort wieder die Tür. Erst danach umarmt er liebevoll seine kleine Tochter.

„Anna, mein Liebling, ich kann nicht hier bei dir im Haus bleiben, ich habe Besuch von Onkel Thomas, du kennst ihn. Was hat Mama denn gesagt, wann sie wiederkommen wollen?"

„Nichts haben sie gesagt und als ich gefragt habe, hat mich Beat ausgeschimpft und gesagt, dass sie doch wohl einmal ausgehen dürften, ohne dass ich herummeckere, und dabei habe ich noch nie herumgezickt! Aber heute habe ich Angst bekommen, irgendwer war im Garten und am Haus."

„Weißt du was? Wir werden einen großen Zettel schreiben und

auf dein Bett legen. Dann kommst du mit zu mir, dein Zimmer ist ja immer noch für dich bereit!"

„Und Beat darf dann morgen nicht mit mir herumschimpfen und mich hauen?"

„Nein, auf gar keinen Fall, dafür sorge ich, meine Kleine. Und jetzt schreiben wir den Zettel, du nimmst deinen Schlafanzug und den Knuddel-Flauschi, dann fahren wir!"

Anna holt einen großen Zettel aus ihrer Schultasche, schreibt „Ich habe Angst, Papa hat mich geholt. Anna", legt ihn auf ihr Bett.

„Komm, Papa, ich will hier weg!"

„Erst ziehst du bitte etwas Gescheites an, es ist kalt draußen und im Wagen und dann starten wir sofort!"

„O.K., Papa!"

„Eigenartig, dieser fremde Wagen und dann auch noch die Geräusche, die Anna gehört hat …", geht es ihm durch den Sinn. Sollte seine Anna mit ihrer Angst vor Einbrechern recht gehabt haben?

„Anna, hast du eine Ahnung, wie man die Alarmanlage im Haus einschaltet?"

„Nein, Papa, keine Ahnung, aber Mama macht das auch nicht, nur Beat, wenn wir alle wegfahren!"

„Na gut, dann lassen wir es auch bleiben, wird schon nichts passieren!"

Wenige Minuten später sitzen Vater und Tochter im Auto, starten in Richtung auf sein Haus. Beim Anfahren sieht er noch den dunklen SUV, der ihm vor Kurzen entgegengekommen war, wieder in die Peterstraße einbiegen.

In der Küche ist Thomas inzwischen fast fertig mit dem Zubereiten des Essens, nur der Risotto muss noch eine kleine Weile köcheln.

„Hallo, Anna, du bist aber groß geworden, wie lange haben wir uns nicht gesehen!"

„Naja, Onkel Thomas, es ist schon fast ein Jahr her, als Mama und Papa geschieden wurden. Ich bin immer noch ganz traurig deswegen!"

„Ach, Kleine, deine Mama und Beat sind doch bestimmt ganz lieb zu dir?"

„Mama meistens!", ist die kurze, aber sehr aussagefähige Antwort, „ich möchte nicht davon reden, Onkel Thomas! Ich bin müde. Papa, bringst du mich ins Bett, so wie früher?"

„Aber natürlich, mein Kind – nur Vorlesen geht heute nicht, du hast ja gesehen, Onkel Thomas hat unser Essen schon fertig."

Martin geht mit seiner kleinen, großen Tochter nach oben, gibt ihr einen Gute-Nacht-Kuss.

„Schlaf gut, morgen reden wir mit Mama und Beat!"

„Gute Nacht, Papa – es ist so schön hier in meinem Zimmer!"

Inzwischen ist es bereits 22 Uhr geworden, Zeit, sich mit dem Essen und dem guten italienischen Rotwein zu befassen, was beides der Anlass für den heutigen gemütlichen Abend der Männer war. Das Essen ist wie erwartet gut und reichlich, eben nach Art der Freunde.

„Martin", fragt Thomas plötzlich sehr nachdenklich, „wie soll das mit der Beziehung zu Tanja und zu Anna werden? Du lässt dir von Tanja und ihrem Beat auf der Nase herumtanzen! Ich denke, das Gericht hat dir ein umfangreiches Besuchsrecht eingeräumt? Was ist denn nun damit?"

„Ich weiß ja, lieber Thomas, dass ich eigentlich mein Recht durchsetzen müsste, aber ich möchte der Kleinen das Gezerre zwischen Tanja und mir ersparen, sie soll eine glückliche Kindheit haben! Mein Ziel ist es eigentlich, beide wieder für mich zu gewinnen, sie wieder hier in ihr eigentliches Zuhause zu holen!"

„Und wie willst du das machen? Ganz ohne Streit wird das nicht gehen, ich weiß das aus meiner täglichen Praxis. Wenn du allerdings Beat in Bezug auf Anna ein Fehlverhalten nachweisen könntest, sähe die Sache anders aus."

Die Männer schwenken um auf ein anderes Gesprächsthema, Thomas hatte ein feines Gespür dafür, dass dieses Thema seinen Freund belastet.

Erst weit nach Mitternacht geht der, abgesehen von der Unterbrechung mit Anna, wundervolle Abend zu Ende und die beiden verabschieden sich voneinander.

„Denk daran, morgen stehen Tanja und Beat hier auf der Matte, bleib hart, lass dich nicht immer unterkriegen!"

„Du hast Recht, mein Freund, aber …!"

„Kein 'Aber'! Bleib endlich einmal hart, kann ich dir nur raten! Gute Nacht, mein Freund!"

Thomas' Taxi wartet schon an der Einfahrt, er winkt einen Gruß zu Martin, der anschließend sofort ins Haus geht. Er ordnet zunächst die Küche ein wenig, schließlich soll Frau Bliemel am Morgen nicht von dem Chaos dort erschlagen werden. Dann geht er nach oben in sein Schlafzimmer. Ein kurzer Blick in Annas Zimmer löst das Gefühl von Glück in ihm aus – das in sein Bett gekuschelte kleine Mädchen motiviert ihn stärker als alles andere zur Realisierung seines Vorhabens.

Gegen drei Uhr in der Nacht läutet es Sturm an der Haustür. Schlaftrunken zieht Martin einen Morgenmantel über, geht die Treppe hinunter:

„Wer ist da?"

„Hauptwachtmeisterin Monika Bauer vom Polizeirevier Mitte, bitte öffnen Sie!"

Martin nimmt den Schlüssel aus dem barocken Kästchen an der Wand, steckt ihn langsam ins Schloss und öffnet die Tür. Tanja und Beat stehen draußen, in Begleitung einer Polizistin und eines Polizisten.

„Sie sind Martin Winkler?"

„Wen haben Sie denn mitten in der Nacht hier erwartet? Den Papst?"

„Beantworten Sie bitte meine Frage, wir sind nicht zum Scherzen aufgelegt, also?"

„Ich auch nicht! Ja, natürlich bin ich Martin Winkler!"

„Dürfen wir hereinkommen?"

„Sie schon, aber die Herrschaften in Ihrer Begleitung nicht!"

„Das ist unverschämt, Martin, schließlich wohne ich hier!", wirft plötzlich Tanja ein, „Beat, hilf mir, hineinzukommen, ich will zu meiner Tochter!"

Martin stellt sich in voller Breite in den Türrahmen.

„Du wohntest hier einmal, liebe Tanja, das ist Vergangenheit, wie du immer sagst. Ihr bleibt draußen! Den Ordnungshütern hier will ich gern erklären, worum es geht!"

Er macht eine einladende Handbewegung zu ihnen, woraufhin die Polizistin und ihr Kollege eintreten; Martin schließt hinter ihnen die Haustür.

„Dann sagen Sie jetzt bitte, was es zu sagen gibt!", knurrt ihn der Polizist an, „Wir haben noch andere Aufgaben heute Nacht, als kleine Mädchen einzufangen!"

„Ich weiß ja leider nicht, weshalb meine Ex-Frau Sie gerufen hat, aber der Grund ist sicher vorgeschoben", Martin sieht die Polizisten an, „ich denke, sie und ihr Mann haben von Kindesentzug gesprochen."

„Stimmt, so etwa haben sich die Eheleute ausgedrückt", antwortet die Polizistin, „und deshalb möchten wir Sie bitten, uns jetzt und hier das Mädchen zu übergeben, damit wir es den Eltern wieder zuführen können!"

Martin versucht, seine Erregung zu unterdrücken und antwortet ruhig: „Wissen Sie, wenn meine Tochter am späten Abend bei mir anruft, weil sie wegen Geräuschen um das Haus herum große Angst hat und niemand sonst im Haus ist, dann kümmere ich mich sofort um mein Kind, zumal ich auch ein vom Gericht bewilligtes Besuchsrecht habe!"

„Das Kind war allein dort im Haus?"

„Ja, und es hatte Angst. Anna meinte, Einbrecher ums Haus schleichen zu hören, und da hat sie mich angerufen."

„Wo ist die Kleine jetzt?"

Bevor Martin antworten kann, kommt von oben, vom Treppenabsatz eine zarte Stimme:

„Papa, was ist denn los, wer sind die Leute? Sie haben mich aufgeweckt!"

„Alles gut, mein Mädchen, die haben nur eine Frage an mich, leg dich wieder ins Bett. Ich komme gleich noch einmal zu dir hinauf."

Die beiden Uniformierten sehen sich an, dann meint die Frau:

„Ich denke, wir sollten das Mädchen weiterschlafen lassen, oder, Theo?"

Der nickt: „Ich werde es den Eltern klarmachen, morgen muss die Kleine aber wieder nach Hause, Herr Winkler!"

„Natürlich, schließlich habe ich nur ein Besuchs- und nicht das alleinige Sorgerecht!"

Die beiden Polizisten verlassen das Haus. Als Martin die Tür schließt, hört er noch eine lautstarke Diskussion zwischen ihnen, Tanja und Beat.

Wortfetzen wie „Unverschämtheit", „beschweren", „Jugendamt", „Kindswohl" sind einige der Worte, die Martin verstehen kann. Anschließend geht er hinauf, um seine Kleine zu beruhigen und ihr ein zweites Mal 'Gute Nacht' zu wünschen, bevor er sich ebenfalls zum Schlafen legt.

Tausend Gedanken gehen ihm wieder durch den Sinn, ehe er in einen unruhigen Schlaf verfällt: „Wie konnte es nur soweit kommen?"

16 Erste Planungen

Juni 2012

Die Ereignisse der letzten Nacht haben Martin nochmals darin bestärkt, das Zurückgewinnen von Tanja und Anna voranzutreiben.

Natürlich hat es erneut großen Streit gegeben, als er mit Anna am nächsten Morgen zum Büro gefahren war und Anna wieder bei ihrer Mutter an der Wohnungstür abgegeben hat.

„So etwas machst du nie wieder!" ist die ‚liebevolle' Ansprache von Tanja an ‚das Kind', und weiter zu Martin:

„Das wird Folgen haben, du hörst von uns in dieser Sache!"

Martin wendet sich schulterzuckend ab und geht hinüber zum Eingang des Büros, setzt sich nachdenklich an seinen Schreibtisch. Er nimmt das kleine Notizbuch aus der Innentasche seines Jacketts, blättert es auf und liest seine bisherigen Eintragungen.

„Alles falsch, weg damit!" Er streicht die Notizen energisch durch und schreibt auf die nächste freie Seite.

„Beat ist die Ursache aller Probleme, hätte ich ihn nicht damals eingestellt …! Hätte, wäre, könnte, müsste – diese Konjunktive helfen mir nicht weiter!" Er notiert seine neuen Überlegungen.

Beat!

Erster Schritt: Arbeitsverhältnis kündigen! Die von NewIT gewährten freiwilligen Vergünstigungen, soweit nicht in Beats Vertrag, streichen. Den Dienstwagen entziehen, steht nicht im Vertrag.

Zweiter Schritt: Mit Thomas diskutieren, ob die Übertragung der Anteile an Beat und Tanja rückgängig gemacht werden kann, und auch, ob schon vorher die Löschung der Stimmrechte an Beats Anteilen möglich ist. Grund: Verlust des Vertrauensverhältnisses.

Dritter Schritt: Strenge Leistungskontrollen für Beat und Tanja einführen, dazu Abmahnungen bei allen Abweichungen von meinen Anweisungen.

Und auf einer neuen Seite: „Tanja"!

Mit Thomas klären, wie das gemeinsame Sorgerecht für Anna durchgesetzt werden kann.

Ebenfalls Löschung der Stimmrechte an Tanjas Anteilen. Grund: Verlust des Vertrauensverhältnisses wie bei Beat.

Tanja beruflich häufig allein auf Dienstreisen (Kundenbetreuung!) schicken, Beat während ihrer Reisen (Ausland?) mit intensiver Büroarbeit beauftragen.

Ein weiteres Blatt trägt den Titel: „Anna"!

Aktiv (notfalls mit gerichtlicher oder jugendamtlicher Hilfe) regelmäßig kontaktieren.

Ereignis der letzten Nacht an Jugendamt melden.

Stimmrechte der Anteile löschen (Steuerberater fragen!)

Er schließt das Notizheft, steckt es zurück in die Innentasche des Jacketts.

„Ich sollte den Vorfall des gestrigen Abends sofort dem Jugendamt melden!", denkt er und schreitet sofort zur Tat.

„Martin Winkler hier, spreche ich mit Frau Wendler?" Frau Wendler ist die zuständige Sachbearbeiterin dort.

„Ja, was kann ich für Sie tun, Herr Winkler?"

„Ich würde Sie gern in einer akuten Angelegenheit sprechen, Frau Wendler. Darf ich die Sache kurz erläutern?"

„Das ist ein ganz schlechter Zeitpunkt jetzt! Können Sie um zwei zu mir ins Büro kommen?"

„Da bin ich verhindert. Aber ich habe vielleicht einen besseren Vorschlag, kommen Sie doch am späten Nachmittag in mein Büro, dann können wir die Angelegenheit in Ruhe besprechen."

Bei seiner Gesprächsgegenüber raschelt Papier, bevor sie sich wieder meldet: „So gegen sechzehn Uhr bei Ihnen in der Peterstraße, in Ihrem Büro?"

„Ja, in Ordnung!"

Er legt auf. „Tanja und Beat werden sich noch wundern!", denkt er und freut sich auf das Gespräch.

Frau Wendler kommt pünktlich. Martin bietet ihr Erfrischungen an, die sie jedoch dankend ablehnt: „Herr Winkler, worum geht es?"

Martin erzählt ihr, seiner Meinung nach völlig emotionslos, von den Ereignissen des vergangenen Abends und der Nacht. Sie macht sich ausführliche Notizen, will auch noch die Beamten befragen, die ihn aufgesucht hatten.

„Ich werde den Fall prüfen, Herr Winkler, Sie hören bald von mir!"

Mit diesen Worten verabschiedet sie sich und wendet sich zum Gehen. Sie betritt gerade den Flur, als sie fast mit Tanja zusammenprallt, die erstaunt fragt: „Sie hier?" Tanja ist völlig irritiert und wendet sich an Martin.

„Was ist denn hier los, was will das Jugendamt bei dir?" Seine Antwort ist kurz: „Ich hatte sie hergebeten!"

17 Feinplanung

Mitte Dezember 2012

Der Sommer und auch der Herbst sind ohne Ergebnisse für Martins Plan vorübergegangen, Business as Usual war angesagt, aber jetzt, Anfang Dezember, will er sein Projekt zum für ihn guten Ende führen. Das Geschäft läuft in dieser Zeit recht ruhig, sodass er genügend Zeit dafür hat. Heute hat er sich wieder einmal schrecklich über das Verhalten von Beat ihm gegenüber ärgern müssen: „Das Maß ist voll", denkt er bei sich. Noch am kommenden Wochenende will er die nächsten Schritte seines Plans mit Thomas erörtern, mit seinen ersten Überlegungen von damals ist er immer noch zufrieden.

Mit „Tim Haller GmbH" ist die Arbeitsmappe beschriftet, die ihm seine Sekretärin eines morgens ungefragt oben auf den Stapel der Akten, die noch auf ihre Bearbeitung warten, gelegt hat.

„Vertraulich – nur für Tanja Holsten" steht mit rotem Edding geschrieben mitten auf dem Deckel.

Martin ist erstaunt und verwundert, hatte sie ihm nicht gesagt, dass ein Geschäft mit Haller sicher nicht erfolgen würde? Und jetzt liegt sozusagen eine ‚private' Akte von Tanja auf dem Schreibtisch?

Er blättert die Mappe auf und findet als Erstes ein Deckblatt mit den Kenndaten des Unternehmens: Kontaktdaten, Geschäftsführer, Anteilseigner, danach auch die Geschäftsfelder und Unternehmensentwicklung. Bevor er sich in die Daten vertieft, ruft er nach seiner Sekretärin:

„Marie, kommen Sie bitte für einen Moment in mein Büro?"

Marie, die treue, ihm schon seit vielen Jahren beruflich ergeben, erscheint schon nach wenigen Sekunden, so schnell, als hätte sie sein Rufen erwartet.

„Chef, was kann ich für Sie tun?"

„Was ist dies für ein Vorgang?" Er hält ihr die Akte direkt vor ihre Augen, „Was ist da an mir vorbeigegangen?"

„Chef, äh", sie stottert, möchte am liebsten wieder den Raum verlassen, „die habe ich für Ihre Exfrau anlegen müssen, nachdem Herr Haller mit ihr vorgestern mehrere Stunden verhandelt hatte!"

„Haller ist aktuell hier gewesen? Davon weiß ich ja gar nichts, wann war das denn?"

„Chef, Sie wissen in dieser Beziehung überhaupt nichts, denn Tanja hat sich, sehen Sie die Akte an, mehrere Male mit ihm in der Stadt und auch in Kiel getroffen und Herr Holsten weiß davon auch nichts!"

„Marie, danke, Sie können gehen", Martin ist sehr verwundert, nickt ihr freundlich zu, „ich werde mir die Unterlagen jetzt erst einmal ansehen!"

Als seine Sekretärin ihn verlassen hat, lehnt er sich zunächst in seinem bequemen Schreibtischsessel zurück.

Was spielt Tanja für ein Spiel? Sie gegen alle, oder Haller und sie gemeinsam gegen Beat, oder alle drei gegen ihn, Martin?

Er schlägt die dünne Akte auf. Das erste Datum auf einer Notiz, von Tanja handgeschrieben, trägt als Datum den 13. März 2010.

Im November des Jahres vorher, unmittelbar im zeitlichen Zusammenhang mit dem Zeitpunkt, als sich Haller mit ihm im Café unterhalten hat, haben Beat und Haller miteinander über eine große Lieferung von Steuerungselementen für Hallers Hausgeräte verhandelt, allerdings kam es nicht zu einem Abschluss. Tanjas Notizen besagen, dass sie Beat zur Rede gestellt hat, allerdings ohne Konsequenzen.

In den folgenden Monaten kam es allerdings immer wieder zu Kontakten, die allerdings von Tanja ausgingen. Ihre Notizen gaben,

außer Allgemeinplätzen, nicht viel her, nichts, was Martin gericht-
lich hätte verwerten können.

Martin klappt den Aktendeckel zu, ruft erneut seine Sekretärin:
„Marie, legen Sie bitte die Papiere wieder zurück, sie interessieren
mich nicht sonderlich! Trotzdem bitte ich Sie um eine Kopie!"

Inzwischen ist es etwa achtzehn Uhr geworden, Zeit für den Fei-
erabend. Aber zunächst ruft er noch seinen Freund Thomas an:
„Mein Freund, hast du am Wochenende oder Anfang nächster
Woche ein paar Stunden für mich? Wir müssen reden, denn ich habe
Beschlüsse gefasst!"
„Geht es um deine Partner?"
„Ja, zunächst um IHN!"
„In dieser Woche geht es nicht mehr, wir haben sehr viele
Abendeinladungen. Aber wie wäre es mit Donnerstag in der nächs-
ten Woche?"
„Das würde bei mir auch passen. Sagen wir zwanzig Uhr? Ich
hole den Roten rechtzeitig aus dem Keller!"

Thomas ist pünktlich, wie nicht anders erwartet. Ein unangeneh-
mer Schneeregen fällt an diesem Winterabend, durchdringt alle
Kleidungsstücke. Der im Wetterbericht angekündigte Sturm ist zum
Glück bisher ausgeblieben. Den ganzen Tag über fiel jedoch, mit
nur geringen zeitlichen Lücken, ein sehr unangenehmes Regen- und
Schneegemisch, dazu wehte ein kräftiger Nordwestwind.

Martin geht seinem Freund mit einem riesigen Regenschirm entgegen: „Willkommen, lieber Thomas, trotz des schlechten Wetters."
Sie gehen im Schutz des Schirms gemeinsam die Stufen zur Ein-
gangstür hinauf. Dort angekommen, bleibt Thomas abrupt stehen,
sieht seinen Freund fragend an:
„Hast du wirklich Dinge, die zu besprechen sich lohnen, oder
willst du nur einen netten Abend mit mir verbringen?"

„Ich möchte mit dir reden, reden über die Ereignisse und Entscheidungen, die mich aktuell sehr beschäftigen und bei denen ich deinen Rat, den Rat eines aufrechten, ehrlichen Freundes, benötige!"

Thomas nickt, sieht seinen Freund nachdenklich an: „Das ist in Ordnung, ich habe nämlich heute keine Lust auf eine Partie Schach!"

Während des Gesprächs haben sie die Diele betreten, Thomas hat seinen Lodenmantel abgelegt, sie gehen durch die schöne eichene Tür mit dem Tiffanyglas-Einsatz ins Wohnzimmer. Er ist von Stil und Qualität der Einrichtung in diesem Raum immer wieder begeistert.

„Weißt du, was ich mich schon so oft gefragt habe?"

„Nein, wie sollte ich!"

„Warum hat Tanja damals bei ihrem Auszug nicht die Dinge mitgenommen, die sie für dieses Zimmer, wenn auch von deinem Geld, angeschafft hatte?"

„Ich habe keine Ahnung, Thomas. Als sie damals wegging, hat sie ja nur das Allernötigste eingepackt und abgeholt. Nach unserer Scheidung hat sie auch nie Interesse an den Sachen gezeigt und ich wollte sie auch nicht mit der Nase darauf stoßen – schließlich liebe ich die Dinge, die hier im Wohnzimmer stehen, und Anna mag sie auch sehr, besonders den Glastisch mit den Löwenfüßen. Ich vermute, dass die sexuelle Anziehungskraft des Kerls zu stark war und sie von vernünftigem Verhalten abgelenkt hat!"

„Naja, sie ist doch sonst so verstandesorientiert. Ich denke, es gab einen Grund, den wir beide nicht sehen können."

Die beiden Männer setzen sich an dem erwähnten Couchtisch einander gegenüber in die bequemen Sessel. Martin greift zu seinem Humidor, nimmt sich eine Zigarre und die Zündhölzer.

„Martin, bitte, heute kein Räucherstäbchen, ich bin erkältet, Zigarrenrauch wäre heute mein Untergang!"

Er legt die Zigarre wieder zurück: „Schade. Mit einer guten Zigarre kann ich abends immer besser denken …! Aber ja, es geht natürlich auch ohne Dampf, ich bin schließlich keine nostalgische

Lok!" Er grinst zu Thomas hinüber, der bei seinen Worten schmunzelt.

„Aber du stehst schon unter Dampf, um bei deinem Spruch zu bleiben, vermute ich?", grinst der zurück.

Martin lehnt sich in seinem Sessel etwas vor: „Ja, das kann man so sagen. Ich habe schon seit Längerem detailliertere Überlegungen angestellt, wie ich Tanja wiedergewinnen kann!"

„Martin, du spinnst. Entschuldige bitte meine Wortwahl, aber so ist es! Was immer du unternehmen wirst: sie ist weg, für alle Zeiten! Mit deiner Tochter ist es etwas Anderes, da bestehen meiner Meinung nach noch immer gewisse Chancen für dich. Aber nun erklär mir zunächst, was du dir ausgedacht hast."

Das kleine Notizbuch hat Martin bereits vor sich auf dem Couchtisch liegen, blättert es auf, zitiert den Inhalt seiner ersten Notiz und fragt seinen Freund:

„Thomas, kann ich allein, ohne Tanja, das Arbeitsverhältnis zwischen NewIT und Beat kündigen?"

„Uneingeschränkt ‚JA', mein Lieber, denn du bist immer noch der Chef und Mehrheitseigner. Wenn das Vertrauensverhältnis zwischen euch zerstört ist, wird dir jedes Arbeitsgericht Recht geben."

„Das ist doch schon einmal ein guter Anfang. Morgen ist Freitag?"

Thomas nickt: „Ja, der Freitag vor dem dritten Sonntag im Advent, wenn du es genau wissen möchtest, und wenn ich daran denke, dass in zehn Tagen schon Weihnachten ist …! Ich habe noch keine Idee, was ich Insa schenken soll."

„Entschuldige bitte, Weihnachten ist zurzeit nicht mein Thema, außer wegen Anna, mein Freund. Nur Beat ist jetzt wichtig. Danke für deinen Rat, morgen geht die Kündigung über die Bühne. Oh, das wird ein heißes Wochenende! Ich denke, gleichzeitig nehme ich ihm auch noch sein so heiß geliebtes Cabrio weg, soll er doch mit der Familienkutsche fahren!"

Martin wird bei dem Gedanken an diesen ersten Schritt gegen Beat fast euphorisch: „Er und Tanja werden kochen, aber das ist mir völlig gleichgültig. Ich mach ihn fertig! Er hat mir meine Familie gestohlen, das lasse ich mir nicht länger gefallen, ich will sie zurückhaben!"

Er lehnt sich entspannt in seinem Sessel zurück: „Jetzt ein gutes Glas Roten?"

„Gern, Martin, ich hatte schon befürchtet, dein Weinkeller sei eingestürzt – das wäre eine Katastrophe gewesen!", grinst er seinen Freund an, „wir würden dehydrieren, jämmerlich zugrunde gehen!"

Der Weinkeller im Haus ist nicht eingestürzt, im Gegenteil, erst in der letzten Woche wurden mehrere Kartons von Martins Lieblingswein geliefert und warten auf die beiden Genießer.

„Zurück zu der Kündigung von Beat! Aus meiner Erfahrung kann ich dir sagen: Tu es wirklich, zieh es jetzt durch! Wenn du bis zum Jahresanfang wartest, schiebst du nur sein Ausscheiden weiter hinaus, denn du möchtest ihn doch so bald als möglich freistellen, oder? Du bist auf jeden Fall auf der sicheren Seite, ich sagte ja schon, die Kündigung hat vor Gericht auf jeden Fall Bestand!"

„Thomas, ich danke dir. Ich fasse jetzt wieder richtig Mut für meine Pläne. Und das Auto, kann ich ihm das einfach entziehen?"

„Wem gehört der Wagen, auf wen ist er zugelassen?"

„Ich meine, auf NewIT, aber das muss ich noch von meiner Sekretärin prüfen lassen", er macht eine kleine Pause, „möchtest du meine anderen Gedanken auch noch hören?"

„Lass uns erst einmal einen Schluck trinken, Martin, wir dehydrieren sonst!" Wieder geht ein Grinsen über sein Gesicht.

„Entschuldige bitte, Thomas, aber ich bin so in meinen Überlegungen gefangen, dass ich die einfachsten Regeln der Höflichkeit außeracht lasse." Er hebt das Glas und trinkt seinem Freund zu: „Auf meine Pläne!"

Es wird ein langer Abend mit guten Gesprächen bei so manchem Glas Wein, und als Thomas sich verabschiedet, geht die Uhr bereits auf Mitternacht, die anderen Punkte aus Martins Notizheft haben sie nicht mehr besprochen, sie haben die Themen verschoben.

Der Freitag findet Martin schon sehr früh in der Firma, denn er weiss, dass seine Sekretärin ebenfalls zu den Frühstartern gehört. Er hat kaum sein Büro betreten und seinen Computer hochgefahren, als sie ganz erstaunt hereinkommt.

„Chef, was ist passiert? Sie sind ja heute so früh!"

„Da staunen Sie, Marie, aber heute stehen wichtige Entscheidungen an, und da brauche ich einen wachen Kopf. Eine Frage habe ich an Sie: Sie sagten, dass Herr Holsten damals mit dem Mann aus Kiel Gespräche geführt hat. Gibt es darüber Notizen oder Protokolle?"

„Ich habe das alles im Computer, jede Gesprächsnotiz, auch die Absprachen. Herr Holsten hatte mir verboten, Sie darüber zu informieren, und mir für den Fall mit Kündigung gedroht." Sie macht ein etwas ängstliches Gesicht, bevor sie fortfährt: „Soll ich es für Sie ausdrucken?"

„Welche Frage, Marie, welche Frage, und das Thema ‚Kündigung' können Sie ohnehin vergessen. Machen Sie das bitte sofort und geben Sie es mir!"

„Aber sicher, Chef, wem denn sonst?"

Sie verlässt den Raum; schon nach wenigen Minuten ist sie mit einem kleinen Stapel Papier wieder zurück, in den er sich sofort vertieft.

Was er zu lesen bekommt, treibt ihm die Zornesröte ins Gesicht – haben sich denn alle in seinem Umfeld gegen ihn verschworen? Bereits die erste Notiz von Beat erstaunt ihn sehr, denn dort wird über seine einzige Begegnung mit Tim Haller berichtet. Haller habe davon gesprochen, dass man einen Weg suchen müsse, ihn, Martin, aus dem Geschäft zu drängen. Die Herren waren sich in diesem Punkt anscheinend einig.

Eine Notiz, datiert auf den 4. August des letzten Jahres, besagt, dass Tanja von diesen Informationen nichts wissen und Beat weiterhin den treusorgenden Ehemann spielen solle. Wörtlich heißt es: „Ziel ist die vollständige Übernahme von NewIT durch die Haller GmbH". Beat erklärt darin seine Bereitschaft, Tanja dahingehend zu beeinflussen, ihre Anteile an diese Gesellschaft zu übertragen.

Martin ist völlig verwirrt. Wer spielt hier gegen wen, wer will wen über den Tisch ziehen'? Tanja und Beat gegen ihn selbst, Beat und Haller gegen Tanja, Tanja und Beat gegen Haller? Denn so etwas ist aus dem Aktenordner Tanjas ersichtlich gewesen, von dem Beat wiederum keine Ahnung hatte!

Er legt die Unterlagen in seinen Schreibtisch und ruft erneut nach seiner Sekretärin: „Marie, gehört der Wagen von Herrn Holsten eigentlich der Firma?"

„Ja, natürlich, den Kaufvertrag hat damals seine Frau unterschrieben – sie war damals noch Ihre Frau!"

„Gut, danke, und wenn Herr Holsten kommt – er soll bitte sofort in mein Büro kommen!"

Es wird acht, es wird neun. Um kurz vor zehn Uhr findet Beat Holsten schließlich den Weg von der Wohnung durch den Verbindungsgang ins Büro. Als er am Sekretariat vorbeikommt, ruft ihm Marie zu: „Sie sollen sofort zum Chef kommen, Herr Holsten!"

„Warum, habe ich einen Termin verpasst? Ich meine, heute liegt nichts an", antwortet er und nimmt Kurs auf Martins Büro, klopft kurz an und geht, ohne auf eine Antwort zu warten, hinein.

„Guten Morgen, Martin!", begrüßt er seinen Chef, den er schon seit der Anteilsübergabe mit ‚du' anredet.

Martin liest in irgendwelchen Unterlagen, die nichts mit seinem aktuellen Vorhaben zu tun haben, sieht kurz auf.

„Setzen Sie sich, Herr Holsten!"

Der ist irritiert. Mit seinem vollen Namen hat ihn sein Chef seit sehr langer Zeit nicht angeredet.

„Herr Holsten? Was ist denn nun los?" Beat ist irritiert.

Martin legt die Papiere zur Seite, sieht sein Gegenüber mit frostigem Blick an:

„Es wird Veränderungen in dieser Firma geben und ich will ohne Schnörkel sofort zur Sache kommen. Sie, Herr Holsten, werden dieses Unternehmen verlassen, die schriftliche Kündigung geht Ihnen kurzfristig per Post zu. Außerdem geben Sie mir die bitte Fahrzeugschlüssel und -papiere des firmeneigenen Cabrios. Darüber hinaus entziehe ich Ihnen mit sofortiger Wirkung die Prokura einschließlich der Verfügung über die Unternehmens-Bankkonten."

„Bist du jetzt verrückt geworden, Martin? Ich, entlassen? Wenn du dafür nicht sehr, sehr triftige Gründe nennen kannst, darf ich dir raten, dich warm anzuziehen! Mein Anwalt wird dich in der Luft zerreißen! Und das Cabrio? Das ist meins, hat Tanja mir gekauft!".

Martin bleibt eiskalt: „Herr Holsten! Sie wollen wissen, was mich zu diesem Schritt gebracht hat? Nun gut, ich sage es Ihnen. Sie haben mein Vertrauen grob missbraucht, haben hinter meinem Rücken Kontakte gepflegt, von denen ich nichts wusste. Und ich habe von angeblichen Dienstreisen erfahren, die mit Ihren Aufgaben nichts zu tun hatten. Also, was wollen Sie? Eine ordentliche oder eine fristlose Kündigung, Sie haben die Wahl! Jetzt verlassen Sie bitte dieses Büro. Ach ja, noch eines. Der Wagen gehört dem Unternehmen!"

Beat ist wie erstarrt, dann kann man sehen, wie die Wut in ihm aufsteigt. Er geht um den Schreibtisch herum, packt Martin an den Schultern, schüttelt ihn wie von Sinnen.

Mit den Worten „Du wirfst mich nicht hinaus, alter Mann! Du nicht!" greift er mit seinen Händen nach Martins Hals, will ihn würgen. Er ist dem Älteren kräftemäßig überlegen, dennoch kann sich Martin aus dem Würgegriff befreien.

„Das war es jetzt endgültig, Herr Holsten!“, stößt Martin außer Atem hervor und lässt sich in seinen Schreibtischsessel fallen, „Endgültig!“

Beat stürmt wutentbrannt aus dem Chefbüro sofort in sein eigenes, knallt die Tür zu und ruft lautstark nach Tanja.

Die stand während der Diskussion am Ende des Ganges und hat die ganze Szene, die nicht ganz lautlos war, verfolgt.

„Marie!“, ruft Martin seine Sekretärin, die sofort zur Stelle ist. „Rufen Sie bitte bei Firma Baldwin an, wir müssen ein Schloss austauschen. Und verbinden Sie mich nacheinander mit den Leuten unserer Banken!“

„Ja, Chef“, antwortet sie, völlig erstaunt und geht hinaus, die Aufträge auszuführen. Sie hat die Tür noch nicht ganz geschlossen, als Martin sie zurückruft.

„Setzen Sie sich bitte, wir müssen die Kündigung schreiben.“

Er hat sich in der jüngsten Zeit selten so gut gefühlt.

18 Neue Regeln bei NewIT

Dezember 2012

Tanja ist an diesem Vormittag noch später als ihr Mann ins Büro gekommen. Sie und Beat hatten lange geschlafen. Nach dem Frühstück, das bei ihr noch immer aus einem mageren Müsli und einem Glas kalter fettreduzierter Milch bestand, hat sie noch längere Zeit mit einer Freundin telefoniert und ist erst danach hinüber ins Büro gegangen. Anna ist im Haus geblieben, sie kuriert eine Erkältung aus und wird am Nachmittag trotzdem zu ihrem Vater gehen, so ist es verabredet.

Die lautstarke Auseinandersetzung zwischen Martin und Beat ist ihr nicht entgangen, jedes Wort der Streithähne hat sie verstanden, während sie im Flur des Büros in der Nähe des Durchganges zur Wohnung stand.

Auf Beats Rufen hin geht sie ziemlich langsam an Martins Büro vorbei, wirft ihm durch die Glasscheibe des Flurfensters einen kritischen, nachdenklichen Blick zu und betritt dann ruhig Beats Büro, das einige Türen weiter im selben Gang liegt und in dem auch ihr Schreibtisch steht.

„Was war denn das gerade mit Martin?", spricht sie ihren mit zornesrotem Kopf an seinem Schreibtisch sitzenden Mann an.

„Der Hund will mich rauswerfen, mich, und dabei habe ich doch zusammen dir den Laden erst so richtig in Schwung gebracht …", knurrt er, „das kann er mit mir nicht machen, er wird sich wundern, wenn er das durchzieht!"

„Beat, nichts wird so heiß gegessen, wie es gekocht wird. Lass uns erst einmal darüber schlafen, am Montag wird er sich wieder beruhigt haben", versucht sie ihren Mann zu besänftigen.

„Lass mich mit solchen Sprüchen zufrieden, Tanja, der Mann will mich fertigmachen! Ich gehe jetzt hinüber in unsere Wohnung, für heute habe ich genug und von dort werde ich einen Anwalt anrufen, der mit NewIT nichts zu tun hat und der sich im Arbeitsrecht auskennt!"

Tanja zuckt mit den Schultern: „Heute ist Freitag, da wirst du kaum jemanden erreichen. Kann ich dir irgendwie helfen?"

„Ja, sieh endlich zu, dass du die Treuhänderschaft über die Anteile des Kindes bekommst, dann werfe ich IHN hinaus!"

„Ach, Beat, das wird so schnell und einfach nicht funktionieren, wir haben doch schon so viele Modelle deswegen durchdacht. Geh du jetzt hinüber und entspann dich ein wenig, ich komme auch bald, muss zuvor aber noch einiges erledigen!"

„Gut, aber ich möchte nicht, dass du mit deinem Ex über mich redest, ich kläre den Streit allein." Er nimmt seine Ledermappe mit für ihn wichtigen Papieren und geht über den Außenzugang in die Wohnung, er will heute nicht noch einmal an Martins Büro vorbei.

Tanja schließt die Glastür hinter ihm und setzt sich langsam in ihren Schreibtischsessel, ein Designermodell, das sie sich vor einigen Monaten aus Italien hat liefern lassen.

„Welche Informationen hat Martin bekommen, die ich nicht habe?", grübelt sie, „Was hat Beat falsch gemacht? Hängt es mit mir zusammen, will Martin meinen Mann einfach wieder loswerden aus Eifersucht?"

Das kann sie sich nicht vorstellen. „Hat seine Sekretärin ihm etwas gesagt oder sogar gezeigt, was er nicht hätte wissen dürfen? Ja – das muss es sein."

Sie öffnet die untere Schreibtischlade und sieht nach der Mappe mit der Aufschrift „Tim Haller", die anscheinend unberührt am alten Platz liegt. Es kann also daran kaum gelegen haben, wenn Martin ihrem Mann etwas vorzuwerfen hat, und niemand kennt den Inhalt!

„Warum zum Teufel wirft er ihn so plötzlich aus der Firma?" Es fällt ihr nichts dazu ein.

Das Wochenende verläuft sowohl bei Martin als auch bei Tanja und Beat ruhig. Sie hat das Kind zu Martin gebracht, will es nicht irgendwelchen situationsbedingten Launen Beats aussetzen.

Die wenigen, zumeist sehr kurzen Gespräche mit ihrem Mann bringen ihr keine Erkenntnisse, denn Beat nennt ihr gegenüber nicht die Gründe, die Martin aufgeführt hatte, sondern versteckt sich hinter seiner Wut. Er fühlt sich ungerecht behandelt, vermutet Rachegelüste Martins oder eine Intrige, von der er allerdings keinen Verursacher erkennen kann.

Martin jedoch wird ein unbeschwertes, fröhliches Wochenende mit seiner geliebten Tochter verbringen.

Das Kündigungsschreiben ist noch am Freitag von seiner Sekretärin zur Post gegeben worden – er wollte jedes Risiko, dass Beat den Erhalt ableugnen könnte, ausschließen.

Der Samstag kommt. Das Wetter ist noch unangenehmer geworden, zu dem Schneeregen gesellt sich jetzt ein kräftiger Nordwestwind und treibt die Schauer vor sich her.

Tanja hatte sich eigentlich vorgenommen, heute in der Stadt die letzten Weihnachtsgeschenke für Anna und Beat zu besorgen, aber aus Rücksicht auf Beats Seelenleben und auch wegen des Wetters bleibt sie im Haus.

Es ist zehn Uhr, als es an der Tür klingelt. Ein völlig durchnässter Postzusteller steht davor: „Ein Einschreiben mit Rückschein für Herrn Beat Holsten!" Sie ruft nach ihrem Mann, der sofort kommt und zähneknirschend den Empfang des Briefes bestätigt:

„Hat es der Hund doch wirklich wahr gemacht und mir die Kündigung geschickt!" Wutentbrannt stürmt er zurück ins Haus, es ist gut, dass Anna nicht da ist, sie musste schon einige Male unter seinen Wutanfällen leiden und flüchtete sich dann immer in ihr Mädchenzimmer. Er reißt den Umschlag auf. Tatsächlich, die Kündigung zur Mitte des kommenden Jahres, das Verlangen auf Herausgabe des Cabrios, der Entzug aller Vollmachten! Tanja ist inzwischen hinter ihn getreten, umarmt ihn liebevoll.

„Mein Schatz, bitte leg dieses Schreiben zur Seite und entspann dich. Wir werden den besten Anwalt der Stadt für dich engagieren, Martin und sein alter Freund Thomas Rossmann werden ihr blaues Wunder erleben. Jetzt wollen wir uns mit etwas ganz Anderem beschäftigen." Sie nimmt ihn bei der Hand und entführt ihn in ihr Schlafzimmer.

Es gelingt Tanja, ihn zu beruhigen, ihre Fähigkeiten im Bett helfen natürlich dabei.

Die neue, letzte Arbeitswoche vor den Feiertagen verläuft im Büro in einer gespannten Atmosphäre, die Kommunikation zwischen den Geschäftspartnern geht gegen Null.

Martin unternimmt nichts, um die Stimmung zu verbessern. Er hegt keinerlei Sympathien mehr für die beiden und kümmert sich fast ausschließlich um die geschäftlichen Angelegenheiten. Eine Weihnachtsfeier im Kreise der Mitarbeiterinnen und Mitarbeiter am letzten Freitag vor dem Fest war allerdings schon vor dem großen Krach organisiert und findet wie geplant statt – es wird ein schöner, festlicher Abend in einem renommierten Lokal, allerdings ohne Tanja und Beat.

19 Business as Usual

Anfang 2013

Das neue Jahr beginnt, wie das alte endete. Der Winter ist wider allen Erwartungen mit Sturm, Schnee und harten Minustemperaturen kurz vor den Weihnachtsfeiertagen über die Stadt hereingebrochen und hat sich über den Jahreswechsel gehalten. Was in dieser Zeit bei vielen Menschen für romantische, nostalgische Stimmungen gesorgt hatte, führt jetzt, an den ersten Arbeitstagen des neuen Jahres, vielfach zu erheblichen Einschränkungen.

Das Büro von NewIT ist noch zum größten Teil verwaist, viele Mitarbeiterinnen und Mitarbeiter sind schneebedingt zu Haus geblieben, andere haben einige Tage Urlaub genommen, denn es sind noch Schulferien.

Martin hat sich zu Fuß durch teilweise hartgefrorenen Schneematsch von der Parkallee bis zum Büro in der Peterstraße durchgekämpft, manche Teile des Weges waren jedoch normal zu passieren. Der bisher starke Wind hat nachgelassen, sodass er bei diesen Wegstrecken die klare, kalte Luft in vollen Zügen genießen kann – wie lange ist er diesen Weg nicht gelaufen, fragt er sich.

Als er die Treppe zum Bürotrakt in der ersten Etage hinaufgeht, hört er bereits, dass sich Tanja und Beat unterhalten. Er macht sich mit einem „Gutes Neues Jahr"-Rufen bemerkbar, denn er möchte keine vertraulichen Gespräche zwischen den Eheleuten belauschen.

Das Gespräch verstummt sofort, er hört das Schließen einer Tür, dann ist es still. Als er den oberen Flur erreicht hat, sieht er Tanja und Beat in deren Büro. Er sitzt in seinem Schreibtischsessel, Tanja steht daneben – beide betrachten irgendwelche Unterlagen. Im Vorbeigehen ruft er noch einen Gruß in ihre Richtung und betritt nach wenigen Schritten sein eigenes Büro.

Auf dem Schreibtisch liegen Unterlagen über die nächsten Jobs, die für Beat auf dem Programm stehen. Bei genauerem Hinsehen stellt er fest, dass sie ausnahmslos mit einem handschriftlichen Vermerk Beats versehen sind: „Gecancelt!".

Er ruft bei Beat an, will mit ihm und Tanja die Angelegenheit in Ruhe besprechen. Tatsächlich kommen beide sofort zu ihm und setzen sich in die Besuchersessel.

Beat ergreift sofort das Wort: „Du bleibst bei deiner Kündigung, Martin? Ich soll gehen? Dann werde ich diese Dinge", er weist auf den Aktenstapel, „nicht erledigen können!"

Martin hat bei seiner Frage genickt, sieht von den Unterlagen auf.

„Das eine hat mit dem anderen nichts zu tun, Herr Holsten!

Sie haben im letzten Jahr Aktivitäten gezeigt, die eindeutig gegen mich und gegen NewIT gerichtet waren, deshalb die Kündigung. Diese Unterlagen hier enthalten jedoch Daten zu Projekten, die eindeutig in Ihr Aufgabengebiet fallen, und ich bitte Sie deshalb, Ihre vertraglich vereinbarte Pflicht zu tun! Und wenn Sie die Ihnen aufgetragenen Arbeiten nicht ausführen wollen, ist das eine Arbeitsverweigerung, die die fristlose Kündigung nach sich ziehen wird. Also? Was ist? Übrigens: Von Ihrem Versuch, mich zu erwürgen, wollen wir nicht mehr reden."

Er sieht Beat fragend an und wartet auf eine Antwort.

„Gut, Martin Winkler, du hast gewonnen, zunächst einmal. Gib den Krempel her, ich werde die Jobs erledigen. Aber weshalb die Kündigung? Ich verstehe es nicht!"

Tanja hat mit offenen Augen das Gespräch verfolgt und fragt:

„Was sollen das denn für Aktivitäten sein, die du Beat vorwirfst?"

„Er hintergeht uns, uns beide. Und zwar mit Tim Haller aus Kiel, den du so gut kennst. Oder bist du auch an der Sache beteiligt? Habt ihr vor, mich auszubooten?"

„Martin, was denkst du von uns, in diesem Falle von mir, so etwas käme mir niemals in den Sinn!" Tanjas Mimik ist von - echtem

(?) - Entsetzen gekennzeichnet. „Wir sind dir doch für die Beteiligungen dankbar!"

„Trotzdem, mir liegen Unterlagen vor, die etwas Anderes besagen, deshalb die Kündigung, die ich mit Sicherheit nicht zurücknehmen werde. Am 30. Juni ist für ihn der letzte Arbeitstag, Urlaub steht ihm natürlich zu."

„Nichts zu machen, ich kann dich nicht überzeugen?"

„Nein, auf keinen Fall. Aber ‚by the way', Tanja, du hast dich ja auch verschiedene Male mit deinem alten Freund Tim getroffen oder bin ich da falsch informiert?"

Tanja ist bei seinen Worten zusammengezuckt: „Woher willst du das wissen, Martin?"

„Nun, ich bin hier der Chef und ein Chef sollte über die Vorgänge in seinem Haus schon informiert sein, oder meinst du nicht? Falls du anderer Meinung sein solltest: Lass es mich wissen!" Seine Stimme ist bei den letzten Worten immer schärfer geworden: „Oder möchtest du ebenfalls aus NewIT ausscheiden? Dann sag es jetzt!"

Sie ist blass geworden, ein harter Zug zeigt sich um ihren Mund, als sie erwidert: „So leicht, lieber Martin, machen wir es dir nicht, uns loszuwerden! Ja, wir hatten anscheinend beide Kontakte zu Haller, die entsprechende Intention von Beat kenne ich noch nicht. Von mir kann ich aber sagen, dass alles, was ich in Bezug auf Tim unternommen habe, im Sinne dieser und nicht etwa seiner Firma war. Wenn du mir etwas Zeit lässt, kann ich es dir beweisen! Und jetzt werde ich gehen, Beat ebenfalls. Das Kind braucht uns."

Beide erheben sich aus den Besuchersesseln, wenden sich zur Tür. „Überlege dir genau, was du tun willst, Vater unserer Tochter!", sagt Tanja im Hinausgehen.

Für diesen Tag ist dieses Thema beendet, kommt jedoch in den nächsten Tagen und Wochen immer wieder hoch, an ein konstruktives, kontinuierliches Arbeiten ist unter den bestehenden Spannungen zwischen den Anteilseignern kaum zu denken. Ja, alle Mitarbeiterinnen und Mitarbeiter tun ihre Pflicht, fast alle Kundenanfragen und Aufträge werden zügig abgewickelt, trotzdem scheint eine dunkle Wolke über NewIT zu schweben.

Martin hat zusammen mit Thomas Rossmann und seinem Steuerberater Paul Nevall ein Konzept für die Rückabwicklung der Anteilsübertragung entwickelt, das Tanja und auch Beat die Zustimmung ermöglichen soll. Für Donnerstag, den 7. März ist eine Besprechung mit allen Beteiligten geplant; Paul Nevall hat dafür einen Besprechungsraum in der Kanzlei reserviert.

Als Martin fast zeitgleich mit Tanja und Beat in der Steuerkanzlei eintrifft, ist Thomas bereits vor Ort und beugt sich mit Paul über die Unterlagen, die sie gemeinsam für dieses Gespräch vorbereitet haben.

„Ich begrüße Sie und dich, Martin. Schön, dass wir uns zur Lösung des Gesamtproblems ‚Anteile an NewIT' zusammengefunden haben. Darf ich etwas zum Trinken anbieten? Bier, Saft, Wasser? Oder einen Cappuccino?"

Die Gäste nennen Pauls Assistentin ihre Wünsche und setzen sich auf ihre mit Namensschildern auf dem runden Konferenztisch vorgesehenen Plätze. Die Assistentin bringt die gewünschten Getränke, dann verteilt sie die vorbereiteten Unterlagen an die Besucher.

„Nun," ergreift Paul als neutraler Makler in der Sache erneut das Wort, „Sie alle wissen um die Problematik der ganzen in meinen Augen etwas verfahrenen Angelegenheit. Ich darf kurz rekapitulieren."

Er blickt von seinen Unterlagen auf, sieht in die kleine Runde seiner Besucher. Dann fährt er fort:

„Gehen wir zunächst in die Historie." Er rückt seine Brille zurecht, dann fährt er fort:

„Martin Winkler überträgt im Überschwang seiner Freude über die guten Erfolge seines Unternehmens jeweils zwanzig Prozent seiner Kapitalanteile an seine damalige Frau Tanja und deren jetzigen Mann Beat Holsten. Inzwischen hat sich das Verhältnis zwischen den Partnern erheblich abgekühlt, um es sanft auszudrücken, sodass im Sinne einer kontinuierlichen Unternehmensfortführung eine Rückübertragung auf Herrn Winkler angeraten scheint! Zusammen mit ihm und Herrn Rossmann haben wir ein Konzept erarbeitet, das Ihnen, Frau und Herr Holsten, die Rückabwicklung der Anteilsübertragung ermöglichen kann. Ich bitte Sie, die Unterlagen hier und heute durchzusehen und uns Ihre Entscheidung mitzuteilen. Herr Winkler hat bereits sein Einverständnis erklärt. Wir lassen Sie jetzt allein, damit Sie sich entsprechend beraten können. Kommen Sie, Herr Rossmann, komm, Martin, wir gehen in mein Büro!"

Die drei Herren verlassen den Besprechungsraumund und gehen in das Büro von Paul Nevall.

„Ich bin ja gespannt", meint Martin, „eigentlich können sie bei dem Angebot kaum ‚nein' sagen! Andererseits streiten sie nach wie vor alles ab, was ich ihnen vorgeworfen habe und was zur Kündigung von Herrn Holsten geführt hat."

„Lass uns abwarten, Martin, soviel Zeit muss sein. Es geht schließlich um sehr viel Geld!", meint Thomas, „Ich bin mindestens genauso gespannt auf ihr Beratungsergebnis. Herr Nevall, haben Sie einen Kaffee für mich?"

Alle warten gespannt. Nach etwa vierzig Minuten kommt seine Assistentin zur Tür herein: „Die Herrschaften haben mich gebeten, Sie zurückzuholen."

Tanja und Beat haben die Unterlagen sorgfältig, kritisch angesehen und untereinander diskutiert. Tanja ergreift das Wort:

„Meine Herren! Das ist ja alles ganz gut und schön, was Sie da zusammengeschrieben haben, aber so als Ganzes können wir Ihre Vorschläge nicht akzeptieren. Abfindungen, Rechteübertragung von Patenten, Laufzeiten für Nutzungserträge – das alles muss noch besser ausgehandelt werden. Sie müssen uns schon gestatten, das Konzept mit Spezialisten unserer Wahl zu beraten. Woran wir nicht interessiert sind, ist eine gerichtliche Auseinandersetzung, obwohl nach unserer Meinung auch ein Beharren auf dem Status quo erfolgversprechend sein könnte. Sie gestatten, dass wir uns jetzt verabschieden. Martin", sie wendet sich direkt an ihn, „du wirst in wenigen Wochen Bescheid wissen, was wir entschieden haben. Guten Tag, meine Herren!"

Die beiden nehmen die Unterlagen und gehen, drei verwunderte ältere Männer zurücklassend.

„Das habe ich so nicht erwartet!", meint Thomas, „aber gut, fassen wir uns in Geduld!"

Man geht auseinander, zunächst ohne sich neu miteinander zu verabreden. Jetzt ist das Ehepaar Holsten am Zug.

Am Montag der Karwoche bitten Tanja und Beat die drei Herren um einen neuen Termin und schlagen die Woche nach dem Osterfest vor. Da in dieser Zeit noch relative Ruhe im Büroleben herrscht, sind Tag und Stunde schnell vereinbart: Es soll Mittwoch, der 3. April werden, zwei Tage nach Ostern, wieder in den Räumen der Steuerkanzlei. Der Anwalt der beiden wird ebenfalls anwesend sein.

Teil 4

20 Der Tod des Beat H.

28. März 2013

Es ist Donnerstag, der 28. März 2013, Gründonnerstag, vier Tage vor Ostern. Der Winter hat noch einmal einen erfolgreichen Anlauf genommen, das Wetter entspricht tatsächlich der Vorhersage: Kalt, stürmisch, regnerisch war für Norddeutschland angekündigt worden, in den Straßen liegen noch Reste vom gestrigen Schneefall. Am letzten Samstag hat seine kleine Anna in der Wohnung ihren neunten Geburtstag gefeiert, zusammen mit einer ganzen Mädchenhorde aus der Schule.

Tanja ist an diesem Nachmittag nicht im Büro, hat einen Auswärtstermin. Beat hat sich, sagt jedenfalls Marie, ihre gemeinsame Sekretärin, als Martin sich nach seinem Verbleib erkundigt, frei genommen, um ein wenig zu chillen. Seine Stieftochter Anna, Martins Tochter, hat sich mit einer Klassenkameradin in der unmittelbaren Nachbarschaft verabredet.

Das gemeinsame Lernen mit der Freundin hat nicht sehr lange gedauert und Anna, ein bereits sehr selbstbewusstes und selbständiges Mädchen, kehrt wieder nach Haus zurück. Sie versucht, mit Hilfe der Tastatur neben der Tür das elektronische Schloss zu öffnen, Fehlanzeige. Sie versuchte es noch einige Male, immer wieder erfolglos. Hat Beat den Code wieder einmal geändert? Auf dem Weg zur Seitentür des Hauses nimmt sie den für diesen Eingang von ihr immer in ihrem Brustbeutel mitgeführten Schlüssel heraus.
Die Tür ist nur angelehnt.
„Komisch, Beat macht doch immer einen riesigen Aufstand, wenn sie nicht zu ist", denkt sie bei sich und geht hinein, die Tür sorgfältig hinter sich zuziehend. Dann geht sie durch den Nebenflur

zunächst in die Diele des Hauses, dann in die Küche.

„Beat!", ruft sie laut, „Beat, wo bist du?"

Das Licht in der Diele und im Treppenhaus ist wie immer einge-schaltet, ihre Mama hat irgendwann gemeint, die Wohnung mache dann für Gäste einen einladenden Eindruck. Durch die geöffnete Küchentür kann sie sehen, dass das Licht dort plötzlich verlöscht. Dann sind leise, von oben kommende Schritte auf der zu den Schlafräumen führenden Treppe zu hören.

„Beat, bist du das?" Ihr Rufen ist jetzt deutlich leiser, verhalten, fast schon ängstlich. Es kommt keine Antwort. Die Schritte schei-nen näher zu kommen. Zitternd kauert sie sich in die schmale Ni-sche zwischen Schrank und Kühlschrank, „Mama hat gesagt, da kommt noch etwas hin", erinnert sie sich. Das Zuschlagen der Sei-tentür erschreckt sie zunächst erneut, dann fasst sie sich ein Herz und verlässt ihr Versteck, die Küche, den Flur und geht ganz lang-sam und noch immer voller Angst die Treppe hinauf. Im Haus bleibt alles still.

„Beat, wo bist du?"

Keine Antwort! Die Badezimmertür ist, genau wie zuvor die Sei-tentür, nur angelehnt.

„Beat?" Ihre Stimme ist jetzt ganz leise, sie flüstert fast. „Beat?"

Beat liegt, natürlich nackt, in der Badewanne, wie sie durch den Türspalt sehen kann, eine Tatsache, die Anna nicht sonderlich er-schreckt, sie kennt aus dem Urlaub die Nacktheit ihrer Eltern. Das Stromkabel jedoch, das aus der Wanne heraushängt, verwundert sie.

Sie fasst sich ein Herz, drückt die Tür auf und geht hinein. Als sie sich gefasst hat, denkt sie: „Das mit dem Kabel darf nicht sein!", zieht ängstlich, vorsichtig am Kabel. Der Föhn fällt, einen kleinen Schwall Wasser mit sich ziehend, aus der Wanne und poltert zu Bo-den. Als erstes zieht sie den Stecker aus der Steckdose, nimmt dann das tropfende Gerät, wickelt es in ein an der Wand hängendes Handtuch.

Aus anerzogener Ordnungsliebe, jeden Blick auf ihren nackt in der Wanne liegenden Stiefvater vermeidend, ergreift sie den nun nicht mehr tropfenden Föhn und hängt ihn in die dafür vorgesehene Halterung, das Kabel kommt ebenfalls wieder an seinen Platz.

Beat rührt sich nicht, auch nicht, nachdem sie ihn noch einmal leise angesprochen hat. Seine geöffneten Augen scheinen sie zu beobachten, wie er es sonst auch manchmal tat, wenn er mit ihr allein im Zimmer war. „Ich muss zu Papa", ist ihr nächster Gedanke, „der kann helfen."

Anna verlässt das Bad, ohne die Tür zu schließen, geht die Treppe hinunter, wie in Trance, mit eckigen Bewegungen, würde ein Beobachter sagen. Sie läuft zur Haustür, tritt hinaus in den unfreundlichen Nachmittag, geht hinüber zum Eingang des Bürotraktes, an die Rezeption.

„Deine Eltern sind nicht da, junge Dame, aber dein Papa, geh nur hinauf."

Anna kennt den Weg, auch wenn sie ihn wegen der Verbote durch ihre Mutter nur sehr selten, vielleicht drei- oder viermal, gegangen war.

„Papa", Anna umarmt ihren Vater, am ganzen Leibe zitternd, „Papa, es ist etwas passiert!" Sie bricht in Tränen aus, jetzt löst sich die innere Verkrampfung, in der sie zuvor gewesen ist.

„Was hast du denn, meine Kleine, du zitterst ja, und warum weinst du? Was ist denn geschehen?"

„Beat! Beat liegt in der Badewanne, ganz verdreht!"

„Ja, aber er liegt doch sicher öfter in der Wanne, Anna!"

„Ja, aber jetzt ist er tot!"

„Mädchen, was erzählst du mir da für Sachen, der ist wahrscheinlich eingeschlafen!"

„Nein, Papa, er ist tot! Er hat die Augen weit offen und atmet nicht mehr!"

„Komm mit, wir beide sehen uns das jetzt noch einmal in Ruhe an. Ich bin sicher, dass du dich irrst, warte ab, er kommt uns bestimmt gleich entgegen!"

Vor dem Haus versucht Martin durch Eingabe des Zugangscodes die Tür zu öffnen, genau wie zuvor bei Anna ohne Erfolg.
„Habe ich dir doch gesagt, das geht nicht", mault Anna ihn an.
„Ja, ja, ist gut. Schau mal, Anna, das Licht ist auch aus, da muss etwas mit dem Strom passiert sein, ich werde gleich einmal nachschauen und dann kannst du wieder in dein Zimmer gehen."

Sie gehen wieder zurück in die Firma. Er nimmt sie an der Hand, sagt zu seiner Sekretärin. „Bitte kümmern Sie sich um Anna, ich muss mal kurz weg", geht auf dem für ihn und die Mitarbeiter normalerweise 'verbotenen' Weg vom Bürotrakt direkt in die Wohnung, um zu Beat und nach der elektrischen Anlage zu schauen.

Tatsächlich, alle Lampen sind dunkel, nur die LEDs der Alarmanlage im Flur leuchten im Bereitschaftsmodus. Er geht hinunter in den Hausanschlussraum. Die hier vorhandene Notbeleuchtung, die von einer Pufferbatterie der Photovoltaikanlage auf dem Dach gespeist wird, lässt ihn erkennen, dass die Hauptsicherung der Feuchträume im oberen Stockwerk abgeschaltet ist. Eigenartigerweise ist der Schutzschalter, der FI, aus dem Sicherungskasten herausgezogen worden. „Wer kommt denn auf solch eine dumme Idee?", denkt er bei sich und schaltet die Sicherungen wieder ein, aktiviert den FI und verlässt den Raum.

„Eigenartig, was mag passiert sein? Ich sollte wirklich oben einmal nachschauen, vielleicht hat Anna ja tatsächlich recht." Er geht aus dem im Tiefparterre gelegenen Raum nach oben in die erste Etage, sieht sich um, ruft nach Beat. Aus der geöffneten Tür des Bades, das zu den beiden verbliebenen Gästezimmern gehörte, läuft in einem feinen Rinnsal Wasser, versickert in dem auf dem Flur verlegten Teppichboden. Vorsichtig geht er auf die Tür zu, sie ist geschlossen. Das Wasser im Teppichboden platscht etwas unter seinen Schuhen. Er klopft, öffnet, sieht in der gefüllten Badewanne den Körper eines Mannes liegen.

Vorsichtig tritt er näher. Es ist tatsächlich Beat, der Mann seiner Frau, sein ärgster Widersacher im privaten Bereich, der Stiefvater seiner Tochter. Martin geht noch näher heran, sieht den Toten, der völlig verdreht in der Wanne liegt.

Dem Mann ist nicht mehr zu helfen, dass erkennt er sofort, aber so will er ihn auch nicht liegen lassen, so 'unwürdig'! Er versucht, Beat aus der Wanne herauszuziehen, ein mühsames Unterfangen, das nicht von Erfolg gekrönt ist. Der schwere Körper fällt immer wieder in die Wanne zurück.

Martin verlässt das Bad, die nassen Schuhe hinterlassen ihre Abdrücke auf der Marmortreppe und im Verbindungsgang, über den er sein Büro erreicht, dann bittet er telefonisch Marie, Anna zu ihm zu schicken.

„Anna, hast du irgendetwas angefasst, als du drüben im Haus warst? Ich muss alles wissen!" Ein fürchterlicher Verdacht kommt in ihm auf.

„Ich muss nachdenken, Papa."

Anna konzentriert sich.

„Die Haustür und die Seitentür. Und als ich die Schritte gehört habe, oben auf der Treppe, da habe ich mich in der Küche versteckt, ich hatte ja so schreckliche Angst. Im Badezimmer habe ich das lange Kabel und den Föhn wieder dahin getan, wo sie immer sind. Und dann bin ich zu dir gelaufen!"

„Was für ein Kabel?"

„Das lange Kabel, aus dem Flurschrank, da hing der Föhn dran, ich habe beides abgetrocknet und dann wieder zurückgelegt."

„Das Kabel? Mit dem Föhn daran? Komisch! Und was für Schritte waren das vorher?"

„Schritte eben, auf der Treppe, und dann wurde die Tür zum Garten laut zugeknallt. Ich hatte sie aber richtig zugemacht, als ich ins Haus gegangen bin."

„Und das stimmt so? Hast du noch etwas vergessen?" Martin schaut ungläubig. „Schritte hast du gehört? Und welche Tür hat geknallt?"

„Papa!" Das klingt vorwurfsvoll. „Papa! Die Tür zum Garten natürlich, wo ich auch reingekommen bin. Habe ich doch gesagt, das musst du mir glauben", fleht ihn seine Tochter an.

„Natürlich, meine Kleine, ich glaube es dir." Martin denkt nach. „Schritte also, hmm!"

„Gut. Ich gehe jetzt noch einmal kurz hinüber, du bleibst bitte noch hier. Und dann rufe ich deine Mutter an, die muss sofort kommen!"

Seine Überlegungen führen ihn noch einmal in die Wohnung. An den Klinken der Hintertür und des Badezimmers wischt er mit einem feuchten Tuch alle möglichen Fingerspuren ab, ebenso im Bad die Schnur des uralten Föhns, den er vor Jahren aus dem Erbe seiner Eltern übernommen und hier vorerst installiert hatte, und den Föhn selbst – die Augen des toten Beat scheinen ihn dabei zu verfolgen. Noch ein Blick in die Runde, im Bad und im Flur ist nichts zu erkennen, was auf Anna und ihn besonders hinweisen könnte. Er geht wieder hinüber ins Büro. Die Spuren, die seine nassen Schuhe auf der Marmortreppe hinterlassen haben, vergisst er.

Er will versuchen, Tanja die dramatische Situation in ihrer Wohnung mitzuteilen.

„Tanja, hier ist Martin! Ich muss …"

Sie unterbricht das Gespräch sofort: „Egal, was du willst oder auch nicht, ich bin für dich nicht zu sprechen. Ich habe zu tun. Ende!"

Er versucht es ein zweites, ein drittes Mal – vergeblich, geht hinüber in das Bürogebäude, in dem Anna, betreut von seiner Sekretärin, noch immer auf ihn wartet.

„Papa, Papa, was ist denn nun mit Beat passiert?"

„Erkläre ich dir später. Jetzt fahren wir erst einmal zu mir nach Haus und da wird sich Frau Bliemel um dich kümmern, ich muss dann aber noch einmal ins Büro!"

Er wendet sich an seine Sekretärin, während Anna bereits am Empfang wartet: „Bitte rufen Sie die Polizei, wenn ich weg bin, ich komme aber gleich wieder."

„Und warum bitte soll ich die Polizei rufen?"

„In der Wohnung liegt Beat tot in der Badewanne! Und versuchen Sie bitte, Tanja zu erreichen, ich komme nicht durch!"

21 Erste Befragung

28. März 2013

Martin steht vor dem Haus, in dessen linkem Teil die Büros seiner Firma zu finden sind. Im rechten, deutlich kleineren Teil liegt die Wohnung von Tanja, Anna und Beat. Er hat den Kragen seines Jacketts hochgeschlagen, friert erbärmlich und wartet.

Irgendwie ist er froh, als die Fahrzeuge der Kriminalpolizei und der Wagen eines Bestatters vorfahren. Soweit es ihm möglich war, hat er alles vorbereitet.

Während der Fahrt mit einem zivilen Wagen der Polizei herrscht Stille im Fahrzeug, lediglich die Geräusche des Polizeifunks, für Martin unverständlich, sind zu hören. Die relativ kurze Fahrt endet im Hof des Polizeipräsidiums am Ziegelhof.

Ein uniformierter Polizist begleitet ihn vom Wagen in eines der Büros. Die Beamten auf dem Kommissariat sind alle sehr höflich und freundlich, grüßen zu ihrem Besucher hinüber. In einem der Büros wartet bereits für eine erste Befragung Kriminalhauptkommissar Daniel von Stetten auf ihn, ein in Martins Augen sehr junger Mann.

Es ist kein steriles Vernehmungszimmer, sondern ein zwar zweckmäßig, aber trotzdem ansprechend eingerichtetes Büro, selbst ein Blumenstrauß auf dem Schreibtisch fehlt nicht. Martin sitzt dem Beamten, der auf ihn einen sehr lockeren, fröhlichen Eindruck macht, auf einem bequemen Besucherstuhl gegenüber.

„Kann ich Ihnen etwas anbieten? Kaffee? Oder ein Wasser?"

„Vielen Dank, Herr", er sieht das Namensschild auf dem

Schreibtisch des jungen Mannes, „Herr von Stetten, im Augenblick nichts."

Der zuckt mit den Schultern, ruft dennoch nach seiner Sekretärin: „Jenny, bringst du mir einen Kaffee?"

Er wendet sich noch einmal an Martin: „Wirklich keinen Kaffee?"

„Sie haben mich überzeugt, Herr von Stetten, ich sage 'ja'".

„Sag ich doch, Herr Winkler, denn unser Gespräch hat ja noch nicht einmal begonnen! Also, Jenny, zweimal Kaffee!"

„Herr Winkler, nun erzählen Sie mal. Sie haben unsere Kollegen durch Ihre Sekretärin rufen lassen. Warum haben Sie uns nicht selbst benachrichtigt?"

„Ich kann es Ihnen nicht sagen, zu dem Zeitpunkt war ich zu keinem klaren Gedanken fähig. Mein toter Geschäftspartner in der Badewanne, meine geschockte Tochter, das ganze Drum und Dran ..."

„Das glaube ich Ihnen gern, Herr Winkler. Aber etwas ist mir unklar: Wieso waren Sie denn überhaupt in dem Haus und konnten den Toten finden? Es ist doch dessen Haus, das er mit seiner Familie bewohnt, oder sind Sie dort auch zu Hause?"

„Natürlich nicht, Sie kennen doch meine Adresse. Weshalb ich in dem Haus war? Nun, es gibt einen direkten Zugang aus dem Bürotrakt unserer gemeinsamen Firma in die Wohnung, für das Ehepaar sehr praktisch, meinen Sie nicht auch?"

„Das ist sehr interessant, beantwortet aber nicht meine Frage!"

Von Stetten macht sich Notizen auf seinem Laptop, der auf der linken Seite des Schreibtisches steht. Sekretärin Jenny kommt mit zwei Kännchen Kaffee herein, Milch und Zucker dazu: „Bitte sehr, meine Herren!" Martin staunt.

„Sie haben ja hier einen großartigen Service!"

„Wir wollen unsere Besucher und Gäste nicht verdursten lassen, dann können wir unsere Neugierde nicht mehr befriedigen", meint von Stetten mit einem Schmunzeln im Gesicht, „aber jetzt wieder zur Tagesordnung, Herr Winkler! Also: Warum waren Sie in der fremden Wohnung? Ich bitte um eine ausführliche und zutreffende Erklärung!"

Der Ton seiner Stimme ist deutlich energischer geworden.

„Ich war dort, weil mich meine Tochter in meinem Büro am frühen Nachmittag plötzlich aufgesucht hat und mir sagte, dass etwas Schreckliches geschehen sei. Daraufhin bin ich natürlich sofort und auf dem direkten Wege in die Wohnung gegangen. Zufrieden?"

„Es kommt nicht auf meine Zufriedenheit an, Herr Winkler, sondern ausschließlich auf den Wahrheitsgehalt Ihrer Aussage!"

Von Stetten ist etwas verärgert, zeigt damit, dass er nicht nur der smarte höfliche junge Mann ist, sondern sehr wohl zielführend eine Befragung durchführen kann.

„Es ist genauso abgelaufen, wie ich es Ihnen gerade gesagt habe. Ich habe nichts hinzugefügt!"

„Nun, ich glaube Ihnen zunächst einmal. Aber haben Sie auch nichts weggelassen? Zum Beispiel die Information, woher Ihre Tochter von dem schrecklichen Ereignis wusste, weswegen sie Sie um Hilfe gebeten hatte. Können Sie sich noch an den genauen Wortlaut erinnern? Und Sie hatten auch einen Schlüssel für den Durchgang?"

„Ja, einen Schlüssel habe ich dafür. Und was Anna wortwörtlich gesagt hat, weiß ich nicht mehr, nur das etwas Schreckliches geschehen sei!"

„Nun gut, lassen wir das zunächst. Sie sind also mit dem Kind", Martin unterbricht ihn: „Bitte sprechen Sie nicht von dem Kind, das Mädchen hat einen Namen. Schlimm genug, dass meine Exfrau immer von dem Kind spricht!"

„Entschuldigen Sie, ich wollte natürlich Ihre Empfindungen nicht verletzen. Also noch einmal: Sie sind also mit dem Mädchen in die Wohnung des Verstorbenen Beat Holsten gegangen. Was ist dann passiert?"

„Anna führte mich direkt in die obere Etage zum Bad. Die Tür war nur halb geschlossen, das ist anscheinend geschehen, als Anna in Panik, nachdem sie ihren Stiefvater in der Wanne gesehen hatte, das Haus verlassen und sich zu mir ins Büro geflüchtet hatte."

„Und dann? Was geschah dann?" Von Stetten macht sich weitere Notizen.

„Ich habe ich meine Tochter zunächst nach drüben im Büro in die Obhut meiner Sekretärin gebracht, denn ein toter nackter Mann in der Badewanne ist nicht zwingend der richtige Anblick für eine Neunjährige."

„Das sehe ich genau so, Herr Winkler. Das Kind, verzeihen Sie, Ihre Tochter war dann also in Ihrem Büro und Sie im Bad. Was haben Sie dort gemacht? Haben Sie den Toten angefasst, seine Lage verändert, etwas im oder am Raum verändert?"

„Ich kann es Ihnen nicht ganz genau sagen, Herr von Stetten, irgendwie stand ich unter Schock. Habe ich etwas angefasst, etwas weggelegt? Ich weiß es nicht. Doch, eines habe ich versucht: Ich wollte den schweren Mann aus dem Wasser holen, was mir jedoch nicht gelungen ist!"

„Wir haben, ich denke, das darf ich Ihnen verraten, nasse Schuhabdrücke vom Bad bis in den Verbindungsflur dokumentiert, jetzt kenne ich also auch die Ursache. Sie sind also aus dem Bad wieder hinüber zum Büro gegangen. Weshalb, bitte? Sie hätten doch von dort aus auch direkt die Polizei anrufen können, stattdessen hat dies erst später Ihre Sekretärin getan." Er unterbricht kurz.

„Noch Kaffee?"

„Ja, gern, es dauert ja doch länger, als ich erwartet hatte".

„Was hatten Sie denn erwartet?"

„Ich weiß nicht, ich weiß eigentlich überhaupt nichts mehr. Doch, eines weiß ich: Ich muss mich ganz dringend um meine Tochter kümmern!"

„Ich denke, das hat Ihre Exfrau schon alles fest im Griff. Wir haben sie, schon bevor wir hier zusammengekommen sind, informieren können. Sie ist bereits in ihrer Wohnung und ich denke, Anna ist bei ihr."

Bei diesen Worten des Hauptkommissars zuckt Martin zusammen. „Anna jetzt allein mit Tanja, ohne Beat, der immer ein wenig ausgleichend gewirkt hat", geht ihm durch den Sinn.

„Gut, Herr Winkler, das war es für heute, aber ich möchte Sie bitten, morgen um 10 Uhr wieder bei mir für weitere Fragen zur Verfügung zu stehen. Guten Abend."

Martin verabschiedet sich ebenfalls bis zum nächsten Morgen und lässt sich von einem Taxi nach Hause bringen.

22 Die Vernehmung

29. März 2013

Die Befragung durch von Stetten gestern in dessen Büro war durchaus von Freundlichkeit und Höflichkeiten gekennzeichnet. Jetzt wird sie im Vernehmungszimmer fortgesetzt, in dem wieder von Stetten und zusätzlich seine Sekretärin zur Protokollführung anwesend sind.

„Guten Tag, Herr Winkler, ich hoffe, Sie hatten trotz der Umstände eine gute Nacht.", begrüßt er Martin am nächsten Tag pünktlich um zehn Uhr, „lassen Sie uns dort fortfahren mit unserem Gespräch. Wo waren wir gestern stehen geblieben?"

Er liest intensiv auf dem Display seines Rechners, klickt anscheinend andere Dokumente an, sieht zu Martin hinüber. Er wird härtere Töne anschlagen.

„Herr Winkler, die Situation hat sich für Sie gravierend verändert. Wir haben inzwischen die Ergebnisse von Pathologie und Spurensicherung. Sie sitzen mir jetzt nicht als Zeuge gegenüber, der Sie gestern noch waren, sondern als Beschuldigter. Ich muss Sie deshalb über Ihre diesbezüglichen Rechte belehren."

Von Stetten geht an die Tür und ruft nach seiner Sekretärin. „Jenny, bitte lass einen meiner Kollegen als Zeugen für die Belehrung kommen."

Nach wenigen Minuten betritt ein älterer Kollege von Stettens den Raum, der Hauptkommissar weist Martin auf seine Rechte und Pflichten als Beschuldigter hin.

Martin sitzt schweigend auf dem Stuhl gegenüber von Stetten.

„Nun, wenn das so ist, sage ich kein Wort mehr ohne Anwesenheit meines Anwaltes. Ich möchte ihn sofort anrufen!"

„Das ist Ihr gutes Recht, Herr Winkler. Hier ist das Telefon", und gibt ihm das Gerät, das Martin sofort ergreift. Die Nummer seines guten Freundes Thomas hat er im Kopf.

„Thomas, ich brauche deine Unterstützung. Ich bin hier im Vernehmungszimmer der Kriminalpolizei und werde beschuldigt, meinen Partner Beat umgebracht zu haben. Kannst du bitte sofort kommen?"

„Warum hast du mich denn nicht bereits gestern während der Befragung angerufen? Na, egal! Ich bin in zwanzig Minuten dort. Bis dahin sagst du kein Wort mehr, verstanden?"

Martin reicht das Telefon wieder an von Stetten zurück, der sofort die Vernehmung fortsetzen will. Martin bremst ihn sofort.

„Herr Hauptkommissar", Martin wählt bewusst diese formelle Anrede, „ich sagte ja bereits: Solange mein Anwalt nicht anwesend ist, werde ich nicht mehr mit Ihnen reden. Sie würden, wie Sie bereits in der Belehrung sagten, alles gegen mich verwenden."

Martin setzt sich auf dem Stuhl zurück und blickt demonstrativ aus dem Fenster.

„Nun, wenn das so ist", van Stetten bittet seinen noch im Raum anwesenden Kollegen, „bleibst du hier bei Herrn Winkler? Danke!"

Inzwischen ist Thomas Rossmann eingetroffen, hat sich von Martin die von seinem Sekretariat vorbereitete Vertretungsvollmacht unterzeichnen lassen und sie dem Hauptkommissar übergeben.

Anschließend erhält Martin von seinem Freund noch einmal die strikte Anweisung, ohne Absprache mit ihm jede Aussage zu verweigern. Anschließend wird die Vernehmung fortgesetzt.

Bereitwillig gibt von Stetten Auskunft auf die Fragen des Anwalts: „Nun, Herr Rossmann, wir ermitteln gegen Ihren Mandanten wegen des Verdachtes des Mordes an Beat Holsten. Es gibt eindeutige Hinweise auf die Täterschaft des Herrn Winkler, die ich Ihnen gern benennen will.

Erstens wurde das Opfer durch einen Stromschlag, liegend in der mit Wasser gefüllten Badewanne, getötet.

Zweitens besaß der Verdächtige einen Schlüssel zur Wohnung und war im Haus.

Drittens hat er ein Motiv, nämlich Eifersucht auf den zweiten Ehemann seiner Frau Tanja. Sie hat entsprechende Aussagen gemacht.

Wünschen Sie noch weitere Informationen, Herr Anwalt? Ich persönlich finde es auch besonders verwerflich, dass er seine kleine Tochter mit in die Sache hineingezogen hat – aber das ist eine andere Sache, es geht nicht um meine Privatmeinung!"

Thomas hat sich eifrig Notizen gemacht:

„Ich möchte mit meinem Mandanten unter vier Augen sprechen, Herr von Stetten", wendet er sich dem Hauptkommissar zu.

„Aber natürlich, Herr Rossmann, gern." Mit diesen Worten verlassen der Beamte und die Protokollantin den Raum.

Martin und Thomas sind allein, sich aber nicht sicher, ob jemand ihr Gespräch mithören kann. Aus diesem Grunde setzt sich der Anwalt ganz nahe zu seinem Mandanten und spricht mit gedämpfter Stimme:

„Martin, was ist dran an seinen Vorwürfen? Was hast du ihm bisher erzählt? Was weiß er bereits?"

„Nichts, Thomas, überhaupt nichts. Ich habe ihm nur gesagt, dass ich am Tode von Beat unschuldig bin! Ich habe ihm lediglich die Ereignisse geschildert, nachdem mir Anna gesagt hatte, dass sie Beat in der Badewanne tot aufgefunden hat und habe ihm auch berichtet, dass mir nicht bewusst sei, dass ich irgendetwas an dem Toten oder im Bad verändert habe. Ich habe ihm allerdings gesagt, dass ich versucht habe, den Toten aus seiner unwürdigen Lage zu befreien und ihn aus der Wanne heben wollte."

„Nicht besonders klug von dir, diese Aktion, aber verständlich! Er hat von dir sonst keine Fakten erfahren können? Das ist gut, es bedeutet, er muss uns beweisen, dass DU ein Verbrechen begangen hast. Sag mir bitte die ganze Wahrheit, Martin, als dein Freund und als dein Anwalt: Hast du Beat umgebracht?"

Martin zögert mit der Antwort, entschließt sich, auch Thomas gegenüber von seinen Vermutungen zu schweigen. Erneut kommt die Frage von Thomas, seinem Freund:

„Martin, sprich mit mir! Hast du ihn umgebracht?"

Martin Winkler schweigt zu dieser Frage. Er schweigt auch noch, als von Stetten und die Protokollantin wieder hereinkommen. Er schweigt, als ihm die Ergebnisse der Pathologie und die Fakten der Spurensicherung, auch die weiteren Ergebnisse der Ermittlungen vorgelegt werden.

„Herr Anwalt", wendet sich der Beamte an Thomas, „wenn Sie ihn nicht davon überzeugen können, zu reden, sieht es schlecht für Ihren Mandanten aus. Die uns vorliegenden Indizien sind sehr überzeugend, das wird auch die Staatsanwaltschaft so sehen!"

„Herr von Stetten, ich denke, mein Mandant steht noch unter einem gewissen Schock, deshalb dieses Verhalten. Können Sie mir schon einige der relevanten Indizien nennen?"

Der zögert eine ganze Weile, tippt einige Zeichen auf der Tastatur des Laptops, sieht sehr nachdenklich zu Beschuldigtem und Anwalt:

„Ich weiß nicht, ob ich Ihnen jetzt schon diese Ermittlungsfakten nennen darf, Herr Anwalt. Nun gut, bei einer Akteneinsicht würden Sie sie ohnehin erfahren und einiges wissen Sie ja schon." Er macht eine kurze Denkpause, sieht auf das Display seines Laptops.

„Also: Wir haben Fußspuren von Herrn Winkler vom Bad zum Büro festgestellt, wie ich bereits sagte. Der Föhn, der anscheinend, aber nicht tatsächlich zum Tode des Opfers geführt hat, konnte den Tod nicht auslösen, jede FI-Absicherung hätte das verhindert. Die Fingerabdrücke auf dem Föhn und einem Verlängerungskabel sowie an der Hintertür wurden sorgfältig abgewischt, anscheinend, um eine falsche Spur zu legen.

Ihr Mandant hat versucht, den Körper des Toten aus der Wanne zu heben, was ihm aber nicht gelungen ist. Und jetzt kommt es: Der Tod des Beat Holsten wurde tatsächlich durch einen Stromschlag ausgelöst, und zwar wahrscheinlich durch einen Hochvolt-Schockteaser! Die Bestellung eines solchen Gerätes bei einem amerikanischen Versender haben wir auf dem Bürocomputer ihres Mandanten gefunden, die Tatwaffe selbst ist noch abgängig, aber glauben Sie mir, wir werden sie finden!"

Von Stetten lehnt sich entspannt in seinem Schreibtischstuhl zurück, einen sehr zufriedenen Ausdruck im Gesicht. „Jetzt kommen Sie, Herr Anwalt! Ich bin gespannt, wie Sie Ihren Mandanten aus dieser Lage herausmanövrieren wollen."

Thomas' Gesichtsausdruck spiegelt nichts, überhaupt nichts wider, ein typisches Pokerface. Martin kennt seine Mimik aus den vielen Schachpartien, die sie miteinander, nein, gegeneinander gespielt haben. Hinter seiner Stirn läuft jetzt ein Prozess ab, der entweder zum Schach oder zur Aufgabe führt. Zumeist bedroht er in diesen Situationen seinen Gegner durch einen manchmal etwas waghalsigen Zug, eine Rochade oder einen direkten Angriff auf den König. Heute scheint er sich zu einer Rochade entschlossen zu haben.

„Sagen Sie, lieber Herr von Stetten, woraus schließen Sie auf die Täterschaft meines Mandanten? Alle von Ihnen gerade genannten Fakten müssen nicht zwangsläufig auf Herrn Winkler verweisen, das wissen Sie selbst ganz genau. So werden Sie bei der Staatsanwaltschaft keinen Blumentopf gewinnen können, etwas mehr wird es sein müssen!"

Von Stetten nimmt Thomas' Widerspruch gelassen, mit einem leichten Lächeln im Gesicht auf.

„Lieber Herr Anwalt", geht er in der Anrede auf die Worte von Thomas ein, „das lassen Sie getrost unsere Angelegenheit sein. Sie glauben doch nicht etwa, dass wir unser Pulver schon verschossen haben, um es etwas salopp auszudrücken? Warten Sie die Klageschrift einfach ab, ich bin sicher, sie wird kurzfristig kommen. Bis auf Weiteres bleibt Herr Winkler unser Gast – der Haftrichter wird dafür sorgen, der Antrag ist gestellt!"

Thomas blickt zu Martin hinüber, dann wendet er sich an den Hauptkommissar:

„Ich möchte mit meinem Mandanten noch einmal unter vier Augen sprechen."

„Das geht in Ordnung, Herr Rossmann."

Von Stetten nickt der Protokollantin zu und verlässt mit ihr erneut das Vernehmungszimmer.

„Martin, rede mit mir, ich wiederhole mich! Wie soll ich dir helfen, wenn du zur Sache schweigst? Wie soll ich die Fakten, die er genannt hat, entkräften? Was ist denn nur mit dir los?"

Sein verwunderter, nein verzweifelter Blick zu seinem Freund Thomas spricht Bände. So würde er ihm kaum helfen können.

Martins Lippen sind wie versiegelt, seine Gedanken zum Tod von Beat eingesperrt. Sie drehen sich ausschließlich um Anna und Tanja. Er will und wird diese Sache durchkämpfen, komme, was wolle.

Sie trennen sich. Thomas, der Anwalt, und Martin, der Beschuldigte, jeder hängt seinen Gedanken nach.

Von Stetten betritt in Begleitung eines älteren Polizisten wieder den Raum.

„Bitte führe den Herrn Winkler in die Haftzelle, Wilhelm."

Der Uniformierte nimmt ihn am Arm, führt ihn in eine Zelle des Polizeigebäudes.

Die Verhandlung vor dem Haftrichter im Beisein von Thomas

und von Stetten am nächsten Vormittag ist kurz und schmerzhaft. Von Stetten trägt seine Anschuldigungen und die vorliegenden Beweise vor, Thomas hat dem außer allgemeinen Argumenten, wegen des Schweigens von Martin, kaum etwas entgegenzusetzen.

„Der Beschuldigte ist in Untersuchungshaft zu nehmen wegen …“, Martin hört nicht weiter zu.

Damit beginnt der Leidensweg des ehrlichen, aufrechten Kaufmanns und liebevollen Vaters Martin Winkler.

23 Im Dunkeln

17. Oktober 2014

S chuldig!" Diese zwei Silben entscheiden also über mein
Weiterleben, über die Zeit in der Justizvollzugsanstalt, in die
ich sehr bald nach der Untersuchungshaft überstellt werde, auch
über die Zeit irgendwann später nach dem Verbüßen der Haft.
„Schuldig!"

Dieses Wort von Dr. Meyerhoff gellt mir in den Ohren, lähmt alle
rationalen Gedanken, ich bin zu keiner sinnvollen Aktivität in der
Lage. Das Wort kreist durch mein Denken, setzt, nein, es beißt sich
fest in allen Windungen meines Gehirns: Schuldig! Das Urteil war
doch so zu erwarten, wieso schockt es mich? Ich hätte ja meinen
Mund aufmachen können!

In den vielen vergangenen Monaten, während meiner Untersuchungshaft, habe ich mich hier in dieser Zelle einigermaßen komfortabel einrichten können. Zwei Hosen, mehrere Oberhemden und
Pullis, bequeme Schuhe, Sportsachen für mein tägliches Training,
dazu natürlich die Utensilien für die Körperpflege. Wenn auch die
Umstände nicht gerade erfreulich waren – mein Leben nach der
Verhaftung ist überwiegend ruhig und ausgeglichen verlaufen.

Im Rahmen der Vollzugsregeln habe ich Briefe schreiben und erhalten können, mich mit Zeitungen über Aktuelles auf dem Laufenden gehalten, eine kleine Stereoanlage habe ich mir kaufen dürfen.
Meine Lieblings-CDs haben mir die Zeit der Gefangenschaft etwas
erleichtert. Eine geordnete Tagesstruktur, geregelte Mahlzeiten, In-
formationsmöglichkeiten.

In den letzten Tagen vor der Urteilsverkündung hat mein Freund Thomas bereits diverse Dinge aus meinem Eigentum verpackt und mitgenommen – er weiß um die Problematik eines „Umzuges", um die Dinge, die ich im Strafvollzug nicht besitzen oder benutzen darf, und ich schließe aus seinem Verhalten, dass er nicht an die Möglichkeit eines Freispruchs glaubt.

Ich setze mich auf den Stuhl vor dem fest an der Wand verankerten kleinen Tisch, den Kopf in die Hände gestützt. Meine Schläfen pochen, hämmern. Immer wieder höre ich in meinen Gedanken das Wort „Schuldig!"

Der Versuch, ein anderes Wort zu denken – „Anna" wäre eine gute Alternative – misslingt mir.

Es ist schwer, meine Gedanken wieder in den Griff zu bekommen, vielleicht sollte ich an meine Anna einen Brief schreiben, versuchen, ihr zu erklären, weshalb ihr Papa im Gefängnis sitzt. Ich kann mir vorstellen, dass sie deswegen bei ihren Mitschülerinnen und -schülern viele Probleme hat, auch ihre Freundinnen werden sich von ihr zum Teil zurückgezogen haben. Wenn ich Glück habe, wird Tanja ihr den Brief aushändigen und nicht aus Zorn sofort vernichten, unser Verhältnis, unabhängig von der Scheidung, war in den letzten Jahren ja nicht das beste.

Das Papier, von der Anstaltsleitung bereitgestellt, liegt vor mir, allein, die Worte, die ich schreiben will, kann ich nicht formulieren, zu sehr sind meine Gedanken noch immer durch das „Schuldig" blockiert. Ich will es später noch einmal versuchen.

Solange das Urteil noch nicht rechtskräftig ist und ein Richter meine Überstellung in den Strafvollzug angeordnet hat, bleibe ich noch hier im Status der U-Haft. Es graut mir schon jetzt vor dem Tag meines 'Umzugs'!

Ich bin mit meinen Gedanken allein, nur die typischen Anstaltsgeräusche dringen an meine Ohren.

Die Luft ist stickig in dem kleinen Raum, der nun schon fast ein und ein halbes Jahr mein Zuhause war – man müsste einmal lüften können … Die Nachmittagssonne zeichnet ein helles Quadrat auf den Zellenboden. In der Ferne höre ich trotz des geschlossenen Fensters den Lärm der Cloppenburger Straße, an der die JVA gebaut ist.

Ich sehe auf meine Armbanduhr, ein wertvolles Stück, eine Breitling. Darf ich, sollte ich die eigentlich im Knast behalten? Es ist schon ein Viertel vor fünf, tatsächlich Zeit für das Abendessen. Die kostbare Uhr werde ich Thomas zum Verwahren geben, er soll mir ein billigeres Exemplar besorgen. Thomas kümmert sich ohnehin um meine Angelegenheiten, das Haus, mein Vermögen, versucht, mich über Anna auf dem Laufenden zu halten, soweit es ihm möglich ist.

Ich stutze innerlich. Mein Vermögen? Bleibt mir das für die Zeit nach meiner Freilassung? Oder wird es zur Begleichung der Prozesskosten verwertet? Ich werde Thomas fragen müssen, es gibt so vieles, was zu regeln ist!

Noch einige Fragen quälen mich. Wieso frage ich mich das gerade jetzt in diesem Zusammenhang, im Zusammenhang mit dem ‚Schuldig‘? Was wird mit der Firma? Noch bin ich formal Mitinhaber – darf ich das überhaupt bleiben? Die ganze Last ruht jetzt auf Tanjas Schultern. Kann sie diese überhaupt tragen? Sieht sie deshalb so blass aus? Wie sehne ich mich nach ihrer Nähe und Liebe, wie es früher, lange vor der Scheidung, war!

Nach Beats Tod sind seine Anteile im Rahmen der gesetzlichen Erbfolge auf Tanja und, treuhänderisch verwaltet, auf Anna übergegangen – mir sind aber noch meine 51 Prozent geblieben, nichts darf ohne mich geschehen.

Und sitze hier, zu Recht, zu Unrecht verurteilt, im Bau. Wieso denn zu Unrecht? Wenn ich schon bei der polizeilichen Vernehmung den Mund aufgemacht hätte …

Thomas wird meine Firmenanteile nach bestem Wissen verwalten, da bin ich mir sicher. Er hat gesagt, bevor wir heute unsere so verschiedenen Wege gegangen sind, in Berufung gehen würden. Will ich das überhaupt? Noch einmal die ganze Quälerei?

Oder doch? Ich weiß, dass die Polizei, und damit auch der Staatsanwalt, nicht alle Fakten berücksichtigt hat, aber ich habe es ja auch zum Teil verhindert durch mein Verhalten.

Der Vollzugsbeamte reißt mich aus meinen Gedanken: „Zeit fürs Abendessen, Winkler!"

Ich werde in der Vollzugsanstalt demnächst sehr viel Zeit zum Nachdenken haben, nachdenken müssen, wie dies alles so kommen konnte, wie es gekommen ist …

„Brauchen Sie eine schriftliche Einladung, Herr Winkler?", werde ich aus meinen Gedanken gerissen.

„Ich komme!"

Nach einem Abend voller Grübeleien und einer fast schlaflosen Nacht dreht sich am nächsten Tag irgendwann der Schlüssel im Schloss der Zellentür.

„Ihr Anwalt ist da!"

„Hallo, Martin, wie geht es dir? Ich sehe schon, du hattest eine sehr schlechte Nacht, na ja, ist ja auch nicht verwunderlich!"

Thomas hatte Neuigkeiten im Gepäck:

„Wir werden in Berufung gehen, keine Widerrede, Martin. Ich habe mir gestern Abend und bis in die Nacht hinein die Protokolle der Kriminalpolizei noch einmal angesehen. Weißt du, zu welchem Ergebnis ich gekommen bin? Von Stetten hat grobe Ermittlungsfehler gemacht, unverzeihliche Fehler! Hat er eigentlich Anna nach den Vorgängen und ihrem Verhalten im Haus befragt? Da finde ich nichts in den Unterlagen. Hat er das Alibi von Tanja überprüft? Nein, anscheinend nicht, es ist nichts dokumentiert. Und was ist mit der theoretischen Möglichkeit des berühmten 'unbekannten Dritten', der im Haus gewesen sein kann? Wie ist Beat in die Wanne gekommen, ist er selbst und allein hineingegangen? Was ist die Mordwaffe gewesen, war es wirklich der Elektro-Teaser, der bei dir im Haus gefunden wurde? Martin, in der Berufungsverhandlung wird man sich vom bisherigen Urteil distanzieren und dich ohne Wenn und Aber freisprechen müssen!"

„Und warum hast du diese Fragen nicht in der Verhandlung gestellt? Dann wäre ich vielleicht schon ein freier Mann, Thomas!"

„Dafür gibt es nur einen Grund, mein Freund! Du hattest mir in unseren meistens sehr einseitigen Gesprächen gesagt, dass ich Anna und Tanja auf jeden Fall aus der Verhandlung heraushalten solle, und du bestimmst, was dein Anwalt sagt, das ist dir doch sicher klar gewesen. Du solltest dein Schweigen brechen, mein Freund, sonst sitzt du die ganze Zeit ab, glaube mir! Sag endlich, was passiert ist, du alter Sturkopf! Vergiss nicht, dass neuneinhalb Jahre Knast auf dich warten!"

Martins Freund und Anwalt hat sich in Wut geredet. Seit Monaten bemüht er sich um seinen Freund, redet mit den Polizisten, die damals die ersten Vernehmungen durchgeführt haben, hat versucht, mit Tanja ins Gespräch zu kommen, verhandelt mit der Staatsanwaltschaft – alles vergeblich. Die polizeilich festgestellten Fakten und das Schweigen seines Mandanten sprechen für dessen Tat.

„Jetzt ist das Kind in den Brunnen gefallen, Martin, man hat dich schuldig gesprochen, obwohl ich unverändert der Meinung bin, dass das so nicht richtig sein kann! Warum zum Teufel sagst du nicht, was du weißt? Wer hat Beat Holsten ermordet? Für wen willst du die Schuld auf dich nehmen, dein ganzes weiteres Leben ruinieren? Du jedenfalls, davon bin ich nach wie vor überzeugt, bist es nicht gewesen!"

Sein Gegenüber schweigt, holt sich einen Becher mit Wasser, trinkt einen großen Schluck, räuspert sich, als wolle er etwas sagen, und tatsächlich kommen die Worte, zunächst stockend, aus seinem Munde:

„Thomas, Beat ist tot, ich kann nicht sagen, dass ich das bedauere, schließlich hat er mir Frau und Kind weggenommen.

Ich bin der einzige, der von seinem Tod profitiert hätte, wäre ich nicht festgenommen worden.

Meine kleine Anna hätte den schweren Mann niemals in die Wanne heben können, und Tanja? Beides für mich unvorstellbar!"

Er sieht Thomas intensiv an, bevor er weiterspricht.

„Tanja ist auf Geschäftsfahrt gewesen, hat also ein bombensicheres Alibi. Ja, Anna hat mir erzählt, dass sie im Haus, während sie sich versteckt hielt, Schritte gehört hat. Ja, Tanja erbt Beats Anteile an der Firma, aber das ist kein Hinweis darauf, dass sie ihn kaltblütig ermordet hat! Wer also bleibt als Täter? ICH!"

„Du machst dir und mir und der ganzen Welt etwas vor, lieber Martin. Von all deinen Erklärungen, ja, ich sage Märchen zu dieser für dich eigentlich existenziellen Frage glaube ich dir noch immer kein Wort. Wen bitte willst du mit deinem Schweigen, mit deiner Opferbereitschaft schützen? Sag es mir, verdammt noch mal, sag es endlich! Du bist verurteilt worden, nur noch kurze Zeit, dann sitzt du im Knast! Wir haben für den Antrag auf Berufung noch genau fünf Tage! Wenn die nicht erfolgreich ist, bist du anschließend in feiner Umgebung: Mörder, Kinderschänder, Vergewaltiger, Schläger sind dann deine Gesellschaft. Willst du das wirklich? Ich glaube, dir ist noch immer nicht klar, was du da für irgendjemanden auf dich nimmst!"

Martin ist bei den Worten seines Freundes immer kleiner geworden, in sich auf dem harten Sitzmöbel zusammengesunken.

„Ich werde beantragen, dass dich Anna, wenn nicht in Begleitung von Tanja, dann mit mir, besuchen darf, ganz kurzfristig. Und dann mein Freund, sagst du endlich die Wahrheit, die ganze Wahrheit! Ich werde jetzt gehen und bei Gericht umgehend die Besuchserlaubnis beantragen, ich hoffe, wir sehen uns schon morgen, zusammen mit Anna, wieder!"

Er sieht nicht mehr, wie Martin die Tränen über das Gesicht laufen, während er die Zelle verlässt, hört nicht das laute Aufschluchzen seines Mandanten.

24 Berufung ?
Herbst 2017

Nicht am nächsten, aber am übernächsten Tag dürfen Anna und Tanja, allerdings nur in Begleitung von Thomas, den Inhaftierten besuchen.

Martin hat seine geliebte Tochter zwar nach der Urteilsverkündung kurz auf dem Flur des Gerichtsgebäudes gesehen, durfte aber kein Wort mit ihr wechseln, sie nicht umarmen, Tanja hat es verhindert. Und auch jetzt ist ihr deutlich anzumerken, wie zuwider ihr dieser Termin hier in der JVA ist. Anna aber stürmt beim Betreten des Besucherraumes, in dem sich noch mehrere Besucher und Inhaftierte aufhalten, auf ihren geliebten Papa zu: „Papa, ich habe dich so vermisst. Wann darfst du endlich wieder nach Haus, hier ist es doch einfach blöd! Du hast doch nichts getan, oder? Du sollst nach Hause kommen!" Sie sieht ihn mit ihren wundervollen grünen Augen an, die sie von Tanja geerbt hat.

„Junge Dame", greift der Aufsichtsbeamte ein, „nicht umarmen, nicht liebhaben, das ist hier verboten!"

Anna schreckt zurück, dann geht sie hinüber zu dem Beamten, stellt sich selbstbewusst vor ihn hin: „Wieso? Das ist doch mein Papa, den ich liebhabe, da kann doch niemand etwas dagegen haben!" Zorn funkelt in ihren Augen, es hätten Tanjas sein können.

Der Beamte nimmt ihren Einspruch mit Humor: „Junge Dame, das hier ist ein ganz besonderer Ort. Im Drachenland darf die Prinzessin auch nicht den gefangenen Prinzen küssen, du verstehst? Und jetzt setz dich wieder hin."

Die im Raum Anwesenden können sich ein Schmunzeln nicht verkneifen, diese Art Zurechtweisung ist ihnen noch nicht untergekommen. Anna nickt: „Verstehe, Herr Beamter, ich verstehe", sagt sie und geht artig wieder zurück an den Tisch von Martin.

Tanja hat in der Zwischenzeit kein einziges Wort mit Martin gewechselt, auch auf seine Fragen bezüglich der Situation in der

Firma kommt kein Wort über ihre Lippen.

Thomas, der mit am Tisch sitzt, beobachtet mit Interesse ihr Verhalten. Die ihnen zugebilligte Besuchszeit verrinnt nur zäh, die Unterhaltung von Tanja und Martin besteht nur aus Allgemeinem ohne Substanz.

„Ich werde im Sinne der Treuhänderschaft für Anna Einblick in die Geschäftsunterlagen fordern", sagt er zu Martin, vorauf hin er einen bösen Blick von Tanja zugeworfen bekommt. „Ich werde mich dagegen wehren, Herr Rossmann. Nichts werden Sie von mir erfahren!"

Sie steht auf. „Anna, komm, wir gehen jetzt!", sagt sie, zischt Martin noch ein „du Mörder, du bist fertig" zu und geht, ohne dass Anna sich von ihrem Papa noch verabschieden kann, zur Tür, die ihnen vom Aufsichtsbeamten geöffnet wird.

Thomas und Martin haben noch Zeit, miteinander über die rechtliche Situation zu sprechen, die Chancen für eine Berufung auszuloten.

„Martin, was muss ich wissen? Bitte sag es mir jetzt."

„Gut, Thomas, gut! Bisher habe ich geschwiegen in der Hoffnung auf ein Einlenken Tanjas, aber wir haben ja gerade wieder einmal ihren Starrsinn miterleben dürfen. Du willst die Wahrheit wissen, willst wissen, weshalb ich bisher geschwiegen habe?"

Er macht eine kleine Gedankenpause, sein Freund beobachtet ihn aufmerksam.

„Ich habe geschwiegen, weil ich Anna und vor allen Dingen Tanja als Täterinnen, jede für sich, in Betracht gezogen habe. Bei Anna bin ich allerdings sehr schnell an die Grenzen meiner Vorstellungskraft gekommen. Sie hat mir damals alles sehr überzeugend erklärt, den ganzen Vorgang aus ihrer Sicht, ich habe ihr geglaubt. Allerdings: Sie hat mir auch gesagt, dass Beat sie manchmal so eigenartig angesehen habe, und deswegen könnte ich mir das Werfen eines Föhns in die Badewanne, aus Angst oder Wut, schon vorstellen und der Rest könnte erfunden sein. Kurz und gut:

Ich wollte ihr auf jeden Fall die intensive Befragung durch die Polizei und womöglich vor Gericht ersparen und das will ich eigentlich heute noch. Versprich mir, Thomas, dass du sie da heraushalten wirst, bitte!"

Der sieht ihn nachdenklich an: „Ich bin mir nicht sicher, dass das möglich sein wird, Martin, Annas Aussage könnte immens wichtig werden, schließlich sind am Körper des Toten keinerlei Verletzungsspuren festgestellt worden, sagt jedenfalls der Polizeibericht. Aber ich werde tun, was ich kann, mein Freund!"

„OK. Bei Tanja bin ich mir nicht sicher. Ich habe keine Ahnung, wo sie an dem Tag war. Als ich Marie gebeten hatte, sie anzurufen, denn mit mir wollte sie ja partout nicht reden, war sie schon nach etwa dreißig, vierzig Minuten im Haus. Sie kann also nicht sehr weit gefahren sein an dem Tag!"

„Und warum hast du mir das nicht viel früher gesagt? Wieder einmal aus Liebe zu dieser Frau, die du zu einhundert Prozent niemals wieder für dich gewinnen kannst? Martin, dein Verstand war auch schon einmal klarer …!"

Martin stützt seinen Kopf in beide Hände, sieht wie ein geprügelter Hund zu seinem Gegenüber auf: „Ja, ja, ja, ich beginne zu begreifen, welch ein Rindvieh ich gewesen bin, jetzt habe ich den Salat." Er wirkt jetzt auf Thomas sehr verzweifelt.

„Ich werde noch heute von meiner Kanzlei aus Berufung bei Gericht einlegen. Warum ich an einen Erfolg glaube? Das kann ich dir genau sagen: Die Polizei und mit ihr die Staatsanwaltschaft haben schlampig ermittelt, für alle standest du vom ersten Augenblick an als Täter fest, natürlich hast du dabei auch massiv durch dein Schweigen mitgewirkt. Martin", er erhebt sich, „sie müssen den ganzen Fall neu aufrollen, ganz neu ermitteln. Du wirst sehen: Nach dem nächsten Termin bist du wieder ein freier Mann!"

Thomas' Optimismus kann Martin noch nicht so ganz überzeugen: „Meinst du das wirklich, mein Freund? Ich kann es mir nicht vorstellen!"

25 Neue Ermittlungen

November 2017

Die beantragte Berufung des Urteils gegen Martin Winkler im Fall des ermordeten Beat Holsten wird zugelassen. Das Gericht beauftragt die Staatsanwaltschaft, neue ausführlichere Ermittlungen durchzuführen.

An einem regnerischen Mittwochvormittag wird Martin mit einem Häftlings-Transportwagen zur Vernehmung ins Polizeipräsidium gefahren. Noch immer, denn das verhängte Urteil ist wegen des anhängigen Berufungsverfahrens noch nicht rechtskräftig, trägt er seine Zivilkleidung. Er wird von zwei Justizbeamten begleitet.

Thomas wartet bereits im Kommissariat auf ihn. Es ist nicht mehr Herr von Stetten, der die Vernehmung durchführen wird, sondern eine recht junge, attraktive Frau, Linda Barowski. Sie begrüßt Martin mit Handschlag: „Guten Tag, Herr Winkler. Ich wurde beauftragt, Sie erneut zu den Vorgängen am", sie scrollt einige Zeilen auf ihrem Laptop, „zu den Vorgängen am 28. März 2013 im Hause des toten Beat Holsten zu befragen. Gehen wir hinüber ins Vernehmungszimmer, Sie, Herr Rossmann, natürlich auch!"

Sie erhebt sich, alle wechseln, wie von Frau Barowski gewünscht, den Raum.

„Bitte nehmen Sie auf der anderen Seite des Tisches Platz, meine Herren. Frau Zandler wird Protokoll führen", nickt sie der zweiten jungen Frau im Raum zu, die an der Stirnwand des Raumes, einen Laptop auf dem Schoß, Platz genommen hat.

„Nun erzählen Sie mal, Herr Winkler, wie sich die ganze Sache abgespielt hat. Einen Hinweis vorab: Sie können sich in der Berufung nicht selbst schaden, dass bedeutet, Sie können heute die GANZE Wahrheit sagen und nicht nur IHRE Wahrheit!"

„Eine ungewöhnliche Art, eine Vernehmung einzuleiten", denkt Thomas bei sich, „so habe ich noch keinen Vernehmungsbeamten erlebt …"

Und Martin erzählt. Er hat sich befreit von den Zwängen in der Angelegenheit, die er sich selbst auferlegt hatte. Seine extreme emotionale Bindung an Tanja ist geschwunden, der Rat seines Freundes hat endlich gefruchtet. Er sagt tatsächlich die ganze Wahrheit, erzählt alle Kleinigkeiten, soweit sie noch in seiner Erinnerung sind. Er berichtet, wie seine Anna ihn entsetzt im Büro aufgesucht hat, wie sie ihm erzählt hat, was sich im Haus ereignet hat, als sie sich versteckt hielt. Er erzählt von dem Föhn und von dem gelockerten FI-Schalter im Sicherungskasten, von den Schritten auf der Treppe, die Anna gehört hatte. Und er fragt im Gegenzug die Kommissarin:

„Frau Barowski, hat die Polizei jemals das Alibi von Tanja Holsten überprüft, versucht, zu ermitteln, ob nicht ein Fremder die Tat begangen haben könnte? Alles hat sich immer nur auf mich als möglichem Täter bezogen!" Sein Gesicht nimmt einen verbitterten Zug an.

Sie schaut ihn intensiv an: „Nun, Herr Winkler, an dieser Situation sind Sie, so meine Kenntnis der Vernehmungen damals, nicht ganz unschuldig. Wenn Sie Herrn von Stetten alles gesagt hätten, was Sie gerade eben erzählten, wären die Ermittlungen vielleicht auch in andere Richtungen gelaufen! Aber ich muss leider zugeben, dass sich mein Kollege damals von Ihnen hat einwickeln lassen, es war alles so klar, so einfach …"

„Noch etwas fällt mir gerade ein, was vielleicht eine Bedeutung hat. Im Juni 2012, meine ich", ergreift Martin das Wort, „damals haben mein Freund Thomas, ich meine Herr Rossmann, und ich einen gemütlichen Abend in meinem Haus verbracht. Etwa um zwanzig Uhr bekam ich einen Anruf von Anna, die allein im Haus war und sich fürchtete, weil sie Geräusche am Haus gehört hatte. Ich bin dann dorthin gefahren, um sie für diese Nacht in meinem

Haus unterzubringen. In der Straße fuhr damals ein unbeleuchteter SUV mit einem Kieler Nummernschild, der mir irgendwie verdächtig vorkam – allerdings habe ich das nicht weiterverfolgt."

Die Kommissarin hat ihm sehr aufmerksam zugehört: „Sehen Sie, Herr Winkler, schon wieder ein Hinweis, den mein Kollege nicht bekommen hat! Ich denke, wir beenden die Befragung für heute, ich möchte die neuen Erkenntnisse und Informationen gern erst einmal aufarbeiten. Frau Zandler, drucken Sie für Herrn Rossmann und seinen Mandanten bitte je eine Rohfassung des Protokolls? Danke!"

Sie erhebt sich von ihrem Platz und nickt ihren ‚Gästen' freundlich zu. „Sie warten noch auf das Protokoll?"

Mit diesen Worten verlässt sie den Raum. Der Justizwachtmeister, der Martin hergebracht hatte, tritt ein, um ihn wieder in die U-Haft zurückzubringen.

„Thomas, wird das gut laufen für Anna und mich?"

„Mit Sicherheit, lieber Freund, da vertraue ich voll der Kommissarin, sie ist eine sehr, sehr fähige Person, meine ich. Ich verabschiede mich jetzt, bis bald, Martin. Halt die Ohren steif!"

Ihre Wege trennen sich für heute, Thomas fährt in seine Kanzlei und Martin wird zurückgebracht ins ‚Hotel Justitia'.

Linda Barowski sitzt an diesem Nachmittag und Abend noch lange über den Akten zum Fall „Beat Holsten", blättert zwischen den Seiten vor und wieder zurück, druckt elektronisch gespeicherte Informationen aus. Sie markiert Textstellen, Fakten, Aussagebruchstücke, macht sich Notizen, bis sie gegen Mitternacht das Kommissariat verlässt.

Es kommt zu erneuten Befragungen von Tanja und, zum Leidwesen von Martin, auch von Anna, die natürlich nur im Beisein ihrer Mutter und deren Anwalt, den sie hinzugezogen hat, erfolgen darf.

Die Kommissarin befragt zunächst sehr einfühlsam das Mädchen, versucht, sich die Informationen von Martin Winkler bestätigen zu lassen. Ein Punkt interessiert sie ganz besonders:

„Anna, als du dich in der Küche versteckt hast, was ist dann passiert?"

Anna ist inzwischen eine kleine Dame geworden mit ihren jetzt fast dreizehn Jahren, sieht sie sehr ernst und nachdenklich an.

„Frau Barowski, das ist jetzt schon sehr lange her, und ich weiß nicht, ob ich mich noch so genau erinnern kann. Eines aber habe ich sehr genau in Erinnerung, nämlich dass ich mich in der Nische beim Kühlschrank versteckt hatte. Ich konnte auf den Flur gucken, als dort plötzlich das Licht ausging. Sie müssen wissen, Mama wollte, dass dort immer Licht an war, es wäre gemütlicher, hat sie gesagt. Und dann habe ich Schritte auf der Treppe gehört."

„Sind die Schritte nach oben gegangen oder sind sie heruntergekommen?", fragt Linda Barowski.

„Ich glaube, sie kamen herunter. Dann schlug ja auch noch die Hintertür zu."

„Wieso war die denn offen?"

„Das kann ich nicht sagen, denn ich weiß genau, dass ich sie vorher zugemacht hatte!"

„Und was hast du dann gemacht?"

„Ich habe nochmal nach Beat gerufen und als keiner antwortete, bin ich vorsichtig nach oben gegangen. Da habe ich ihn dann in der Badewanne entdeckt. Aus der Wanne hing ein Kabel heraus und daran der Föhn."

„Hast du dort etwas angefasst?"

„Ich habe den Föhn aus der Wanne gezogen und abgetrocknet."

„Gut, das hat dein Papa uns schon genau so erzählt. Jetzt aber ein ganz anderes Thema, Anna, und ich hoffe, du bist mir deshalb nicht böse."

Linda Barowski sieht zu Tanja und dem Anwalt hinüber: „Es geht leider nicht anders, Frau Holsten", und wendet sich wieder Anna zu.

„Anna, wie war dein Verhältnis damals zu deinem Stiefvater?"

Tanja sieht konsterniert zu der Kommissarin, scheint etwas sagen zu wollen, ihr Anwalt hält sie beschwichtigend zurück.

Anna denkt nach: „Was wollen Sie wissen, Frau Barowski? Ob ich ihn mochte? Nein, ich mochte ihn nicht und heute sage ich, er war nicht so lieb wie mein Vater und ich konnte ihn nicht leiden."

Tanja blick konsterniert zu ihrer Tochter: „Anna, was erzählst du da? Ihr habt euch doch immer gut verstanden? Was willst du mit deinen Worten erreichen?"

„Mama, ich wollte niemals, niemals bei euch wohnen. Du hast mich gezwungen, ich wollte immer bei Papa sein. Ihr habt fast nie erlaubt, dass ich bei ihm sein konnte!"

„Du mochtest ihn also nicht?", fragt die Kommissarin.

„Nein, ich mochte ihn nicht. Manchmal hatte ich sogar Angst vor ihm, wenn er mich so komisch angesehen hat, und einmal wollte er mich sogar oben herum anfassen, aber ich habe ‚Stopp' gesagt und dann hat er seine Hand wieder zurückgezogen!"

Die Kommissarin ist sehr verwundert. Tanja ist bei Annas letzten Worten aufgesprungen:

„Ich schäme mich für dich, Anna, warum erzählst du hier solche Lügen?"

„Mama, das sind keine Lügen! Es ist Zeit, dass ich die Wahrheit sage, dass ich sage, wie es bei uns wirklich war. Beat und du – ihr hattet immer nur eure Arbeit im Kopf, und danach gab es für euch nur Sex. Denkst du, ich hätte es nicht bemerkt, hätte nicht bemerkt, was bei euch im abgeschlossenen Schlafzimmer passierte? So klein war ich nicht, ich bin doch kein Kind mehr. Für mich hattet ihr fast nie Zeit!"

Anna sitzt aufrecht und selbstbewusst auf dem Stuhl.

Tanjas und ihr Anwalt bittet die Kommissarin, ihn mit Anna und seiner Mandantin kurz allein zu lassen. Linda Barowski und die Protokollbeamtin verlassen das Vernehmungszimmer. „Sollen wir Ihnen beim Zurückkommen Getränke mitbringen?"

Kopfschütteln auf der anderen Seite des Tisches, der Anwalt ist wegen der Aussage Annas entsetzt.

„Was hast du dir eigentlich dabei gedacht, der Kommissarin solche Dinge zu erzählen? Du bringst dich selbst in Teufels Küche! Von den Schwierigkeiten, die du deiner Mutter bereitest, ganz zu schweigen!"

„Es ist die Wahrheit, Herr Anwalt, und die muss endlich gesagt werden. Mein Papa hat Beat nicht ermordet und ich war es auch nicht. Wenn Papa wieder frei ist, werde ich auf jeden Fall zu ihm ziehen, vielleicht ziehe ich vorher bei Mama aus und gehe in eine Wohngruppe. Ich habe mich erkundigt, das geht, wenn das Jugendamt zustimmt!"

„Trotzdem, Anna, du solltest dich zusammennehmen. Die Konsequenzen deiner Aussagen kann ich noch nicht abschätzen", und zu Tanja gewandt: „Lassen Sie uns jetzt weitermachen, Frau Holsten!"

Er geht zur Tür, bittet die Kommissarin wieder herein.

„Können wir weitermachen, Herr Anwalt? Ja? Gut! Dann möchte ich jetzt Frau Holsten befragen, wenn es recht ist. Anna, du solltest jetzt in meinem Büro warten, jemand wird dich begleiten."

Anna verlässt das Vernehmungszimmer, muss in Barowskis Büro warten, eine junge Beamtin leistet ihr Gesellschaft. Im Vernehmungszimmer kommt die Kommissarin sofort zur Sache:

„Frau Holsten, Sie haben damals ausgesagt, zum Zeitpunkt des Todes Ihres Mannes einen Auswärtstermin gehabt zu haben. Wo sind Sie am 28. März 2013 am Nachmittag gewesen?"

„Darf ich eine Gegenfrage stellen, Frau Barowski? Wo waren Sie an diesem Tag zu dieser Stunde?" Tanjas grüne Augen funkeln die Kommissarin böse an, dann fährt sie fort: „Ich war an diesem Nachmittag zu einem geschäftlichen Termin in Verden bei Firma

‚Horse Equipments'. Das ist belegt, Sie können unsere Geschäftsunterlagen gern zu diesem Thema noch einmal einsehen. Auch unser Kunde wird Ihnen entsprechend Auskunft geben können!"

„Ja, Frau Holsten, so steht es hier auch in den Akten, so haben
Sie es damals Herrn von Stetten erzählt. Und wo waren Sie wirklich? Nach unseren Ermittlungen, die wir aktuell durchgeführt haben, waren Sie bereits etwa dreißig, vierzig Minuten nach dem
Anruf durch Ihr Büro vor Ort. Wie kann das sein?"

„Ganz einfach, ich war schon auf der Rückfahrt, liebe Frau Barowski, auf der Rückfahrt!" Wieder funkelt sie die Fragende böse
an.

„Ja? Ihre Sekretärin hat aber ausgesagt, dass sie während des
Gespräches, in dem sie Sie informierte, im Hintergrund deutliche
Geräusche eines Restaurantbetriebes gehört habe, Stimmengewirr,
Tellerklappern, Musik. Wie können Sie uns das erklären?"

Tanja ist blass geworden, ihr Anwalt bittet erneut um eine Unterbrechung der Befragung.

„Frau Holsten, in meinem Beruf gibt es eine Schweigepflicht,
die grundsätzlich für alles gilt, was uns von Mandanten gesagt
wird. Ich bitte Sie jetzt ernsthaft: Sagen Sie mir die Wahrheit. Wo
waren Sie? Haben Sie, warum auch immer, Ihren Mann ermordet?" Er sieht Tanja intensiv an, wartet auf eine Antwort. Die
kommt erst nach längerem Nachdenken von Tanja, aggressiv im
Ton:

„Wie können Sie es wagen, mich so etwas zu fragen, Herr Bol-
tenhagen! Ich habe mich an dem Tag mit einer Freundin in einem
kleinen Fischrestaurant südlich von Oldenburg getroffen, wir haben über alte Zeiten geplaudert. Den Termin in Verden habe ich
tatsächlich gehabt, um mich nicht verdächtig zu machen, aber
nach meiner Abfahrt storniert, – die Freundin lebte damals in
Scheidung und hatte mich gebeten, das Treffen zu verschweigen."

„Dann sollten Sie es der Kommissarin genauso sagen, auch den
Namen der Freundin, damit es überprüft werden kann, dann sind
Sie, denke ich, aus der Schusslinie!"

So steht es nach Ende der Befragung Tanjas im Protokoll, Linda Barowski wird wieder einen langen Abend haben.

Das Verhältnis zwischen Anna und ihrer Mutter ist natürlich durch Annas Aussage völlig zerstört …

26 Wie Linda Barowski es sieht

November 2017

Frau Zandler hat die Befragungsprotokolle ausgedruckt und noch am Abend ihrer Chefin auf den Schreibtisch gelegt. Heute will die sich aber nicht mehr mit dem Fall befassen, der ihr mit jeder Befragung rätselhafter wird. Sie hat sich mit ihrem Freund Pit zu einem Kinobesuch verabredet, es gibt einen alten Film mit Schimanski, „Schuld und Sühne".

Es soll ein schöner Abend werden, zunächst Kino, dann ein gutes Glas Wein in einem Weinlokal in der City. Der Filmabspann läuft noch, als sie sich von ihrem Platz erhebt: „Pit, ich kann jetzt nicht mit dir einen Wein trinken, mir geht andauernd mein aktueller Fall durch den Sinn. Lass uns den Wein verschieben, ich will noch einmal ins Büro, etwas nachlesen."

Ihr Freund Pit ist natürlich sehr enttäuscht, hatte sich so viel von diesem Abend versprochen, aber er kennt seine Linda und seufzt: „Schade, Linda, aber ich kenne dich. Du wärest heute wieder einmal eine schlechte Begleitung. Ich bringe dich zum Büro."

Sie vertieft sich dort sofort in die ausgedruckten Protokolle, zieht Vergleiche zur vorherigen Vernehmung durch ihren Kollegen von Stetten, macht sich Notizen.

Winkler – Motiv: Eifersucht, Ziel: Zurückholen Frau und Kind, Gelegenheit: Ja, Kooperation: aktuell gut

Tanja Holsten – Nutzen: Erbschaft Geschäftsanteile, Gelegenheit: ungeklärt, Kooperation: negativ

Anna Winkler – Motiv: Angst und Ablehnung, Möglichkeit: schwierig (Kind, neun Jahre!), Kooperation: überbordend

Sie starrt längere Zeit auf die Notizen, lässt die Befragungen noch einmal Revue passieren. Dann notiert sie die weitere Vorgehensweise, ihre Fragen:

Wer hat tatsächlich den Teaser bestellt? Lieferantendaten aus USA anfordern.

Wie ist die Mordwaffe in das Haus Winkler gekommen, wenn er sie nicht selbst dort versteckt hat? Frau Bliemel befragen.

Ist das Alibi von Frau Holsten dicht? Im Restaurant und bei Freundin überprüfen.

Wie glaubhaft ist die Aussage der damals neunjährigen Anna? Wie sollte die an die Mordwaffe kommen? Was ist mit den Schritten, fremde Person im Haus?

Nach Abschluss ihres Fragenkataloges bleibt zu prüfen, warum ihr Kollege von Stetten diese Fragen nicht geklärt hat.

Es geht ist inzwischen schon nach Mitternacht, im Gebäude sind in fast allen Büros die Lichter erloschen, nur die Beamten vom KDD, dem Kriminaldauerdienst und der Fahrbereitschaft sind noch vor Ort. Linda versucht, eine Wertung in ihre Überlegungen zu bringen.

„Anna? Sehr unwahrscheinlich, zurückstellen. Winkler? Ist jetzt kooperativ, wollte bisher seine Exfrau und das Kind schützen, ebenfalls abwarten. Frau Holsten hat finanziell den größten Nutzen, Umfeld überprüfen und weiterforschen – scheint verdächtig", sind ihre aktuellen Überlegungen.

Sie schließt die Akte und die Dateien auf dem Monitor, nimmt ihre kleine ‚Ausgeh'-Handtasche, löscht das Licht.

Die folgende Woche nach dem ersten Sonntag im Advent ist ausgefüllt mit Ermittlungsarbeiten, die sie zum überwiegenden Teil selbst vornimmt. Schon am Montag bittet sie das Deutsche Konsulat in Baltimore um Amtshilfe, es soll beim Lieferanten geklärt werden, wer tatsächlich den Teaser bestellt hat. Wurde die Mordwaffe von Winkler bestellt oder gibt es Hinweise auf einen anderen Auftraggeber? Während die Anfrage dort läuft, versucht sie, in dem Restaurant zu ermitteln, ob und mit wem Frau Holsten dort war – sie meldet sich ab und fährt die etwa dreißig Kilometer hinaus aufs Land.

Das „Fischerhaus" ist ein sehr schönes, fast intimes Fischlokal nördlich von Wildeshausen an der Hunte gelegen, ein echter Geheimtipp anscheinend. Die Ausstattung ist von gehobener Qualität, die Speisekarte verspricht vielfältige Genüsse.

Sie tritt ein, fragt nach dem Geschäftsführer, der tatsächlich sofort kommt. Sie legitimiert sich, nachdem sich der Mann als „John Walton" vorgestellt hat und bittet: „Können wir irgendwo ungestört sprechen?"

„Natürlich, bitte folgen Sie mir!" Er ruft nach einem Mitarbeiter und gibt den Auftrag, zwei Kaffee zu bringen, „Was kann ich für Sie tun?"

„Danke! Herr Walton, es geht mir um Folgendes: Am 28. März 2013, es war drei Tage vor Ostern, hatten Sie hier neben vielen anderen eine jüngere Frau als Gast, die in Begleitung war. Sie muss etwa um fünfzehn, sechzehn Uhr das Restaurant verlassen haben. Uns interessiert vor allen Dingen die Begleitung, ob Mann oder Frau, jung oder alt. Können Sie mir weiterhelfen?"

Walton betrachtet die attraktive Kommissarin sehr interessiert, dann ruft er über sein Haustelefon eine Mitarbeiterin:

„Elfi, haben wir noch die Unterlagen und Aufzeichnungen von 2013?"

„2013? Das ist ja schon über vier Jahre her, sehr unwahrscheinlich, meine ich. Aber ich schaue einmal nach. Ich melde mich gleich wieder."

Walton und Barowski verbringen die Wartezeit mit Smalltalk, er flirtet massiv, sie ist allerdings auf diesem Ohr taub. Nach etwa fünfzehn Minuten klingelt Waltons Telefon: „Ja, Elfi? Wir haben noch Unterlagen? Und auch Video-Aufzeichnungen? Wunderbar! Wir kommen sofort zu dir!"

Er bittet Linda, ihm zu folgen.

„Sie sind sicher verwundert, dass wir noch Informationen aus dem Jahr haben, aber das hat einen Grund: Vor etwa zehn Jahren, ich war damals noch nicht hier, wurde unser Lokal von mafiösen Typen als Stützpunkt genommen – es gab damals viel Ärger, auch mit der Polizei, der das natürlich nicht gefiel. Als diese Angelegenheit durch die Justiz irgendwann beendet war, installierte der damalige Besitzer an vielen Stellen Überwachungskameras und erstellte ein Archivierungskonzept, das noch heute gilt. Darauf können Sie jetzt zugreifen!"

„Herr Walton, das ist für meine Recherche ein echter Glücksfall. Können Sie mir die Unterlagen und auch die Aufzeichnungen kopieren?"

„Elfi, du hast es gehört? Stellst du bitte die Kopien für die Polizei zusammen? Wir gehen in der Zwischenzeit eine Kleinigkeit essen. Sie mögen doch Fisch?"

„Im Prinzip ja, sehr gern, aber ich bin im Dienst. Einen Kaffee hätte ich jedoch sehr gern!"

Walton ist etwas enttäuscht – als selbsternannter Frauen-Spezialist hätte er gern eine echte Kommissarin auf seiner Liste gehabt …

Nach einer halben Stunde kommt Elfi und bringt die versprochenen Unterlagen. Linda verabschiedet sich: „Sie haben uns sehr geholfen, Herr Walton. Wenn mein Freund möchte, werden wir gern einmal Ihr schönes Restaurant besuchen. Leben Sie wohl!"

Zurück im Büro, bittet sie als erstes einen Kollegen, alle aktiven und ehemaligen Bankverbindungen von NewIT, Martin Winkler, Tanja und Beat Holsten zu ermitteln und die Kontobewegungen des fraglichen Zeitraumes zu dokumentieren. Die Unterlagen aus dem Lokal enthalten auch die Protokolle der Kartenzahlungen.

Viel interessanter sind für Linda jedoch zunächst die Videoaufzeichnungen aus dem Lokal und vom Parkplatz. Für diese Auswertungen gibt es eine spezielle Fachgruppe im Präsidium, die jetzt von ihr eingeschaltet wird.

Der Tag und die ungefähre Uhrzeit für die Überprüfung stehen fest, die Videos sind von den Spezialisten schnell ausgewertet, ein etwas älteres Foto von Frau Holsten hilft ihnen dabei.

Bereits am Dienstagvormittag sind die Kollegen fündig geworden, die Gesuchte war an dem Tag tatsächlich im Lokal. Der Timer des Videos zeigt, dass sie um 12.23 Uhr an einen Tisch an der Fensterseite ging und sich setzte. Kurz danach kam ein sportlich wirkender Herr an ihren Tisch. Beide waren recht vertraut miteinander und aßen zu Mittag. Um 15.03 Uhr verließ der Herr den Tisch und kam erst um 16.21 Uhr wieder zurück. Nach einer kurzen Unterhaltung übergab er Frau Holsten einen im Film nicht zu definierenden Gegenstand. Nach einem Telefonat verließ sie sehr zügig das Lokal und kehrte auch nicht wieder zurück. Der Mann zahlte kurz darauf und verließ um 16.48 Uhr ebenfalls das Lokal.

Warum nur ist Kommissarin durch diesen Vorgang nicht sonderlich überrascht?

Sie bittet die Kollegen, auch das Video mit den Informationen vom Parkplatz unter die Lupe zu nehmen. Sie möchte das Kennzeichen des Wagens erfahren, mit dem der Unbekannte weggefahren ist. Auch diese Information bekommt sie sehr schnell: Es ist ein dunkler SUV mit einem Kennzeichen aus Kiel.

Ein Anruf beim Kraftfahrzeug-Bundesamt sagt ihr, dass es sich um einen Firmenwagen handelt, zugelassen auf die „Tim Haller GmbH".

Tanja Holsten hatte sie belogen, das steht fest. Sie würde sie noch einmal zum Gespräch bitten, den Herrn Haller aus Kiel will sie ebenfalls vorladen. „Ob Frau Holsten befragt oder vernommen werden soll, werde ich noch entscheiden!", denkt sie und notiert ihre Erkenntnisse in einem Protokoll.

27 Die Berufungsverhandlung Tag 1

29. Januar 2018

Martin wartet in seiner Untersuchungshaft noch immer auf den Termin der zum Glück zugelassenen Berufungsverhandlung. Stunde um Stunde grübelt er über den Tod von Beat nach, immer wieder verdichten sich seine Gedanken zu Tanja als Täterin – eine für ihn entsetzliche Konsequenz!

„Ich habe diese Frau so sehr geliebt, wie konnte es nur soweit kommen?", denkt er und im gleichen Augenblick fällt ihm ein, dass er diesen Gedanken schon so oft hatte. Sein Plan zur ‚Rückeroberung' von Tanja war ja durch den Tod von Beat hinfällig geworden. Er erinnert sich an den Spruch „Mache einen Plan und das Universum lacht darüber!"

Am Dienstag, den 9. Januar, kommt Thomas mit einem Brief vom Amtsgericht. Die Berufungsverhandlung, es sind zunächst drei Termine vorgesehen, wurde für Montag, den 29. Januar 2018, um 10.00 Uhr angesetzt.

„Martin, bald hast du es geschafft! Ich habe mit Frau Barowski gesprochen, alles deutet auf einen Täter außerhalb der Familie hin. Näheres hat sie mir allerdings nicht verraten, nur soweit: Dich kann man nach ihren Erkenntnissen nicht mehr länger einsperren!"

Er wäre seinem Anwalt am liebsten um den Hals gefallen, was natürlich im Besucherraum nicht erlaubt ist.

„Thomas, du kannst dir nicht vorstellen, wie ich mich jetzt fühle! Ich könnte die ganze Welt umarmen!"

Thomas Rossmann aktiviert in seiner Kanzlei seine Mitarbeiterinnen, sie sollen primär versuchen, weiteres entlastendes Material für Martin zu finden, und wenn sich dabei eine Belastung für andere Personen ergibt, umso besser …

Er fordert bei Gericht Akteneinsicht an, versucht, die Kommissarin noch nach ihm bisher unbekannten Details auszufragen, bereitet sorgfältig die Verhandlung vor. Von Anna hat er inzwischen erfahren, dass sie vom Jugendamt vorläufig in einer betreuten Wohngruppe untergebracht wurde, denn das Zerwürfnis mit ihrer Mutter war anscheinend zu groß. Das Amt hat deshalb in ihrem Sinne entschieden.

Er hat inzwischen die Vermutung, dass Tanja am Tode Beats nicht ganz unschuldig ist. In seinen Augen hatte sie Vorteil, Gelegenheit und Fähigkeiten, um ihren Mann umzubringen, es fehlt nur noch die Begründung! Grübelnd stützt er seinen Kopf in die Hände: „Warum sollte sie ihn ermorden und dann auch noch auf diese perfide Weise?"

Ohne weitere Informationen von der Polizei kann er diesen Punkt für sich nicht klären, aber vielleicht hat Frau Barowski ja mehr herausgefunden!

Der Tag der Berufungsverhandlung ist gekommen. Der Fall hat erneut auch viele Zuschauer in den Gerichtssaal gerufen, selbst das regionale Fernsehen ist wieder vertreten.

Im Gerichtssaal haben sich wieder alle versammelt, die für die Verhandlung erforderlich sind, allerdings ist der damals Vorsitzende Richter wegen seiner zwischenzeitlichen Pensionierung durch Frau Dr. jur. Renate Petzold ersetzt worden, auch die anderen Richter haben gewechselt – es darf also eine absolute Neubetrachtung des Falles erwartet werden.

Das Gericht beginnt, wie üblich, nach den Formalien mit den Zeugenvernehmungen. Als erste wird Tanja Holsten befragt:

„Frau Holsten, berichten Sie doch bitte dem Gericht die Vorgänge am 28. März 2013", fordert sie der Staatsanwalt auf und blättert gelangweilt in seinen Unterlagen.

„Herr Staatsanwalt", schaltet sich die Vorsitzende Richterin ein, „wenn Sie dieser Fall nicht interessiert, sollten Sie es sagen!"

Der Angesprochene schreckt auf: „Verzeihung, ich habe nur noch etwas nachgeschlagen, Hohes Gericht!" Jetzt ist er sehr aufmerksam, fragt die Zeugin: „Frau Holsten, ich finde in den Protokollen der Kriminalpolizei den Vermerk, dass Sie am fraglichen Nachmittag mit einer Freundin im Lokal „Fischerhaus" gewesen sind. Stimmt das, bleiben Sie bei Ihrer Aussage?"

„Ja, selbstverständlich, Herr Staatsanwalt, bis der Anruf aus unserem Büro kam, dass etwas passiert sei."

„Noch einmal, Frau Holsten: Sie bleiben bei dieser Aussage?"

„Ja, denn es stimmt!"

„Nun, die Polizei hat etwas anderes ermittelt, dazu später mehr."

Rossmann bittet, eine Frage stellen zu dürfen:

„Frau Holsten, Sie haben in der allerersten Befragung aber angegeben, an dem Nachmittag zu einem Termin in Verden gewesen zu sein, wie war es denn nun tatsächlich?"

„Die Angabe dieses Termins war von mir nur vorgeschoben, ich wollte die Freundin schützen."

„Keine weiteren Fragen." Der Anwalt setzt sich wieder.

„Frau Holsten", fragt der Staatsanwalt, „es gibt weitere Ungereimtheiten in Ihren Erzählungen, die es zu klären gilt. Bitte sagen Sie die Wahrheit und nichts als die Wahrheit, allerdings müssen Sie sich nicht selbst mit Ihrer Aussage belasten. Dieser Vorgang am Nachmittag des Tages, über den wir heute erneut reden, war nach den ersten Ermittlungen der Kriminalpolizei völlig klar: Herr Winkler hat den Geschädigten ermordet, um den Nebenbuhler aus dem Weg zu räumen, dafür wurde er verurteilt. Inzwischen stellt sich die Frage anders! Wer hat Beat Holsten ermordet? Jetzt meine Frage an Sie: Hatten Sie einen Nutzen vom Tod Ihres Ehemannes?"

Tanja ist verwirrt, ihr Blick scheint den Staatsanwalt aufspie-

ßen zu wollen: „Herr Staatsanwalt, diese Frage ist eine Gemein-
heit!"

Die Richterin ruft sie zur Ordnung: „Frau Holsten, bitte mäßigen Sie sich, ansonsten muss ich ein Ordnungsgeld verhängen.
Bitte beantworten Sie jetzt die Frage!"

„Wenn Sie, Herr Staatsanwalt, es als einen Vorteil sehen, plötzlich ohne einen geliebten Menschen auf der Welt zu sein, dann
hatte ich einen Vorteil, ja! Wenn Sie es als Vorteil zu sehen, ein
Kind allein erziehen zu müssen und so ganz nebenbei eine prospe-
rierende Firma zu leiten, dann sage ich auch ‚Ja'! Und im Übrigen
möchte ich hier und heute noch einmal sagen, dass ich meinen Ex-
Mann nach wie vor für den Täter halte!"

„Frau Holsten, es geht nicht um Ihre Meinung zu dem Angeklagten! In den genannten Punkten stimme ich Ihnen zu, das wird
nicht einfach gewesen sein. Ich frage aber nach der finanziellen
Seite. Die Geschäftsanteile Ihres verstorbenen Mannes sind doch
in Ihren Besitz gekommen oder etwa nicht?"

„Ja, die Geschäftsanteile sind auf mich übergegangen."

„Danke für Ihre Informationen", antwortet der Staatsanwalt,
„ich habe an die Zeugin keine weiteren Fragen."

Die Richterin sieht zu Thomas hinüber: „Haben Sie noch Fragen an Frau Holsten?"

„Ja, Euer Ehren, eine ganz kleine: Ist es richtig, dass Ihre Tochter Anna von Herrn Holsten nie adoptiert wurde?"

„Das stimmt, aus Zeitmangel ist die Adoption meiner geliebten
Tochter nie realisiert worden!"

„Dann haben Sie seit dem Tode Ihres Mannes also vierzig Prozent der Anteile des Unternehmens. Danke", er nickt zur Vorsitzenden Richterin hinüber, „auch ich habe sonst keine Fragen mehr
an die Zeugin. Euer Ehren, ich würde jetzt gern Kriminalober-
kommissarin Linda Barowski in den Zeugenstand rufen."

Linda Barowski tritt ein, einen ganzen Stapel Akten unter dem
Arm. Der Staatsanwalt hat, da ihm die Polizei zuarbeitet, einen In-
formationsvorsprung gegenüber der Verteidigung, denn er kennt

den überwiegenden Teil der polizeilichen Ermittlungen.

Martins Anwalt beginnt sofort mit der Frage: „Frau Barowski, ich kenne Sie inzwischen schon ein wenig", Linda sieht ihn interessiert an, „bitte beantworten Sie, soweit Ihre Unterlagen entsprechende Informationen hergeben, für das Gericht nur eine einzige, aber alles entscheidende Frage. Kann mein Mandant, Herr Martin Winkler, als Täter noch eindeutig in Frage kommen?"

Der Staatsanwalt legt Einspruch ein. „Das ist eine unzulässige Frage, Euer Ehren, ich bitte um Zurückweisung!"

Dem Einspruch wird stattgegeben. „Herr Rossmann, die Frage ist so nicht zulässig, es ist eine Beeinflussung der Zeugin."

„Dann lassen Sie es mich anders formulieren. Frau Barowski, haben Ihre Ermittlungen Hinweise auf die mögliche Täterschaft anderer Personen ergeben?"

Die Angesprochene sieht fragend zur Vorsitzenden Richterin hinüber, die zustimmend nickt. „Bitte beantworten Sie die Frage des Verteidigers."

„Nun, Hohes Gericht, in der Tat haben unsere Ermittlungen ergeben, dass Herr Winkler nicht als einziger Tatverdächtiger gelten darf, ich verweise auf das Befragungsprotokoll von Frau Holsten aus meinen Unterlagen. Ergänzend haben wir Ermittlungen auf der Basis der Geschäftsunterlagen des Lokals ‚Fischerhaus' und der Videos von den dortigen Überwachungskameras durchgeführt und haben ein eindeutiges Ermittlungsresultat." Sie macht eine kleine Pause.

„Spannen Sie uns nicht so auf die Folter, Frau Barowski", sagt Frau Dr. jur. Renate Petzold und lässt ihren Blick über Verteidigung und Staatsanwaltschaft schweifen.

Linda Barowski blättert, alle Aufmerksamkeit auf sich ziehend, in ihren Unterlagen, nimmt ein Blatt heraus, genießt den Augenblick, wohl wissend um die Brisanz dessen, was sie vortragen wird.

„Hohes Gericht, ich zitiere die Schlussfolgerungen aus unseren Ermittlungen zum Todesfall Beat Holsten. Wir haben keinerlei

Anhaltspunkte für eine Tatbeteiligung von Herrn Martin Winkler gefunden, nach unseren Ermittlungen wollte er in der ersten Verhandlung andere Personen vor einem Verdacht beschützen und hat deswegen zumeist geschwiegen. Es hat sich in den unterschiedlichen Befragungen herausgestellt, dass hier Frau Holsten und seine Tochter Anna in Betracht zu ziehen sind."

Sie macht erneut eine Pause, dann fährt sie fort:

„Unsere Befragungen haben allerdings ergeben, dass die Tochter aus dem Kreis der Verdächtigen absolut ausgeschlossen werden kann."

Sie wird von der Vorsitzenden Richterin unterbrochen: „Bitte halten Sie hier jetzt kein Verteidigungsplädoyer, nennen Sie uns nur die Fakten. Sie sind hier als Zeugin und nicht als Verteidigerin!"

Linda zuckt ein wenig zusammen wegen dieser Belehrung – es ist der erste Mordprozess, in dem sie die Ermittlungsergebnisse zu präsentieren hat.

„Entschuldigung! Ich habe mich in der Form etwas verrannt, was aber an den Fakten nichts ändert. Wir haben", sie schaut erneut auf ihre Unterlagen, „wir haben festgestellt, dass der Angeklagte zur Tatzeit eindeutig in seinem Büro war, Frau Holsten hingegen kein Alibi hatte. Sie hat sich im Verlaufe der Befragung und der Vernehmung in Widersprüche verwickelt. Ich verweise hier auf die Protokolle, die Ihnen allen vorliegen. Zunächst war von ihr ein Termin in Verden genannt worden, dann ein Treffen mit einer Freundin. Es hat sich jedoch herausgestellt, dass sie sich vielmehr mit einem Mann, einem gewissen Tim Haller aus Kiel, in dem Lokal „Fischerhaus" getroffen hat, nur etwa dreißig Fahrminuten vom Tatort entfernt."

Der Staatsanwalt bittet, eine Frage an die Zeugin stellen zu dürfen.

„Frau Barowski, geht aus Ihren Ermittlungen eindeutig hervor, dass der Angeklagte nicht schuldig ist, weil eine andere Person ausschließlich als Täter in Betracht kommt?"

„Ja, Herr Staatsanwalt, das haben unsere Nachforschungen ergeben. Wir hatten Ihnen die entsprechenden Ergebnisse bereits mitgeteilt."

„Liegt der Staatsanwaltschaft nicht vor, tut mir leid, aber vielleicht haben Sie noch ein Exemplar für mich?"

Linda ist, wie alle im Gerichtssaal, erstaunt. Sie blättert in ihrer Mappe, fischt einen kleinen Stapel Papier heraus. Ein Justizangestellter reicht die Papiere an den Staatsanwalt. Die Vorsitzende Richterin überlegt, ob sie die Verhandlung unterbrechen solle. Da sie jedoch bereits über diese Unterlagen verfügt, verwirft sie den Gedanken wieder und bittet die Zeugin, mit ihrer Aussage fortzufahren.

„Wir haben durch die Auswertung der Kassen- und der Zahlungsdaten des Lokals sowie der Analyse von Videoaufzeichnungen aus dem Lokal und vom Parkplatz folgendes festgestellt, ich zitiere aus der Ermittlungsakte: Frau Holsten betrat das Lokal um 12.23 Uhr, sie setzte sich, nervös wirkend, an einen Tisch am Fenster. Kurz darauf bekam sie Gesellschaft von einem Herrn, beide nahmen gemeinsam das Mittagessen ein. Um 15.03 Uhr verließ sie der Herr, der erst um 16.41 Uhr wieder zurückkehrte. Nach einer kurzen Unterhaltung übergab er ihr einen im Bild nicht zu definierenden Gegenstand. Nach einem kurzen Telefonat verließ sie fast fluchtartig das Lokal und kehrte auch nicht wieder zurück. Der Mann zahlte kurz darauf und verließ um 16.48 Uhr ebenfalls das Lokal."

Linda lehnt sich etwas erschöpft zurück.

Thomas Rossmann erhebt sich und fragt: „Konnten Sie ermitteln, wer dieser Herr war?"

„Ja, eindeutig. Der Herr ist Geschäftsführer einer Unternehmung in Kiel, der ‚Tim Haller GmbH', was eine Halterabfrage und eine Recherche der Kollegen vor Ort ergeben hat."

„Danke! Gibt es noch weiter Erkenntnisse?"

Bevor die Zeugin antworten kann, versucht Tanja, die ebenfalls als Zeugin geladen ist, den Gerichtssaal zu verlassen.

„Frau Richterin, ich müsste dringend zur Toilette!"

„Wir unterbrechen für 15 Minuten, Herr Wachtmeister, bitte begleiten Sie Frau Holsten!"

Die Prozessbeteiligten, mit Ausnahme der Riege der Richter, bleiben im Saal, auch von den Zuschauern gehen nur einige hinaus.

„Thomas, was ist das jetzt, steht nun Tanja richtig unter Verdacht?"

„Martin, das muss das Gericht entscheiden. Meiner Meinung nach war sie es gemeinsam mit Tim Haller, ich glaube, dass heute tatsächlich die Wahrheit ans Licht kommt. Was natürlich nicht bedeutet, dass ich dich mit in dein Haus nehmen kann, so schnell geht das nicht, da gibt es noch Formalitäten …"

„Ich frage mich zum mindestens fünfhundertsten Mal, wieso? Warum bringt die Frau ihren Mann um, es schien mir immer alles harmonisch zu sein. Und welchen Nutzen hat sie davon? Ich bin immer noch Hauptanteilseigner, und eine Adoption von Anna ist auch nie beantragt worden! Ich begreife es nicht!"

„Martin, warten wir den weiteren Verlauf der Dinge ab, dann sehen wir klarer!"

Die Verhandlung wird fortgesetzt. Tanja hat wieder auf der Zeugenbank Platz genommen. Sie ist bei den letzten Ausführungen der Kommissarin sehr blass geworden. Sieht sie jetzt ihre Felle davonschwimmen?

Linda hat die Pause genutzt, um noch eine Information im Kommissariat abzurufen.

„Frau Barowski, bitte fahren Sie fort", die Stimme der Vorsitzenden Richterin klingt etwas ungeduldig, „was haben Sie noch auszusagen?"

„Hohes Gericht, es gibt noch eine ganze Reihe von Fakten, die im ersten Prozess noch nicht bekannt waren. Da ist, ich habe gerade eine aktuelle Information bekommen, die Beschaffung der

Tatwaffe. Damals wurde gesagt, sie sei vom Angeklagten über seinen Rechner bestellt worden. Das ist falsch. Über den Verkäufer in Baltimore haben wir erfahren, dass es zwar der Rechner, aber ein anderer Server mit einer abweichenden IP-Adresse war. Die Mordwaffe wurde zwar im Hause des Angeklagten gefunden, aber er hat sie anscheinend nie in der Hand gehabt. Sie wurde am Tag nach der Tat, also am Karfreitag, dort deponiert – die Haushälterin war an dem Tag nicht anwesend, und der Angeklagte war bekanntlich bei Herrn von Stetten zur Vernehmung.

Einen weiteren wichtigen Punkt muss ich ebenfalls erwähnen: Die Sekretärin des Angeklagten hat uns Unterlagen zur Verfügung gestellt, in denen intensive Geschäfts- und Privatkontakte zwischen Frau Holsten und Herrn Haller dokumentiert sind. Ich habe die Papiere bei mir."

Die Vorsitzende Richterin unterbricht die Aussage der Zeugin energisch. „Frau Barowski, ich bitte um diese Unterlagen. Bitte nehmen Sie vorübergehend auf der Bank Platz, ich bitte Frau Holsten erneut in den Zeugenstand!"

Blass und erkennbar nervös setzt sich Tanja, funkelt zuvor die Kommissarin böse an, was diese allerdings wenig berührt.

„Hohes Gericht, ich werde hier und heute kein Wort mehr in dieser Angelegenheit sagen, bevor ich nicht meinen Anwalt kontaktiert habe."

„Das ist ihr gutes Recht, Frau Holsten", und an den Justizwachtmeister gewandt: „Unter Berücksichtigung des Gehörten ordne ich die sofortige Festnahme der Zeugin wegen Fluchtgefahr an. Sie steht unter dringendem Tatverdacht zumindest der Beihilfe zur Tat. Wir unterbrechen bis morgen Vormittag um 10 Uhr. Die Sitzung ist geschlossen."

Tanja ist leichenblass geworden – so hatte sie sich den Tag nicht vorgestellt ...

Alle erheben sich von den Plätzen, das Gericht verlässt den Raum, langsam gehen auch die wenigen Zuhörer, unter ihnen auch Anna, hinaus.

28 Die Nacht zum zweiten Tag
29./ 30. Januar 2018

Riesengroß ist das Gesicht von Tanja, wie auf einer Kinoleinwand, sie ist ihm so nah wie schon seit langem nicht. Ihre grünen Augen, die er so sehr liebt und die ihn stets fasziniert haben, strahlen. Das schöne, ebenmäßige, wie modelliert erscheinende Gesicht mit diesem sinnlichen Mund lächelt ihn an, und ihr feines Parfum betört ihn. Dann, als wenn sie sich von ihm entfernt, wird es, wie mit einer Kamera gezoomt, immer kleiner, kleiner, bis die geliebte Frau in voller Größe vor ihm steht.

„Mein Liebling", gurrt sie mit ihrer aufregenden Stimme, mit diesem Timbre, das ihn immer wieder schwach werden lässt und sieht ihn unverwandt an „komm!". Sie steht plötzlich in voller Schönheit vor ihm, nur knapp bekleidet mit einem kleinen Teil, wie er es schon immer liebte. „Komm zu mir, lass uns etwas Neues probieren". Sie nimmt seine Hand, willenlos lässt er es geschehen. Sie betreten das Schlafzimmer in Tanjas kleiner Wohnung in Kiel, er freut sich auf das intensive Zusammensein mit ihr und entkleidet sich. Mit einem unerwarteten Stoß wirft sie ihn aufs Bett, fesselt ihn blitzschnell mit Handschellen an die Bettpfosten, Widerstand von ihm ist nicht möglich. „Damit du mir endlich zuhörst, du alter Bock", faucht sie ihn an, „ich muss dir etwas sagen!"

Er ist völlig verwirrt. „Was soll das, warum tust du so etwas?", fragt er und versucht, von der Fesselung freizukommen.

Provozierend steht sie am Fußteil des Bettes, dann beginnt sie mit einer aggressiven Stimme zu reden, die ihn an die schlechtesten Zeiten mit ihr erinnern.

„Du fragst, was soll das Ganze? Gleich erfährst du es und ich beginne ganz am Anfang.

Du kennst Tim Haller. Tim hat seine Liebe zu mir nach Jahren der Irrungen und Wirrungen wiederentdeckt, genau nach meinem Plan. Tim hat dir erzählt, wie böse ich sei – genau nach Plan.

Du hast mich zur deiner eigenen und zu meiner Lust in dein Haus geholt, mich geheiratet – wie von mir geplant!

Du hast mir und meinem Mann Anteile überschrieben, fast genau nach Plan, und du hast, als Beat in der Wanne lag, so gehandelt, wie ich es geplant hatte. Tim ist ein ganz alter Freund von mir, der aus Liebe zu mir den langweilig gewordenen Beat ins Jenseits befördert hat – so, wie ich es geplant habe."

Martin liegt wie erstarrt auf dem Bett, innerlich und äußerlich völlig verkrampft, versucht, sich zu befreien, vergeblich.

„Warum, Tanja, warum? Was habe ich dir, was hat Beat dir getan?"

„Ich sage es dir: Ihr habt mich letztendlich alle gelangweilt, ihr habt mir keinen Spaß mehr gebracht. Ich will leben, unabhängig von Allem und Allen. Ich will das Kind nicht, ich will keinen Mann, auch Haller werde ich abservieren, wenn es an der Zeit ist. Und jetzt werde ich dich ins Jenseits befördern. Wenn du an Gott glauben solltest, hast du noch Zeit für ein kurzes Gebet!"

Sie dreht sich um, geht zum Schrank, nimmt ein Fläschchen mit einer von ihm nicht zu definierenden Flüssigkeit heraus, schwenkt es mit lasziven Bewegungen vor ihrer Brust. Dann setzt sich auf seinen Brustkorb, hält das Fläschchen an seinen Mund: „Trink!"

Mit einem lauten Schrei wälzt er sich zur Seite – der Aufprall auf den harten Fußboden seiner Zelle schmerzt sehr.

Der Schrei wird im ganzen Trakt gehört, zwei Vollzugsbeamte stürzen herein: „Was ist passiert, Herr Winkler?"

Noch etwas benommen antwortet er: „Nichts, nur ein Alptraum!" Mühsam erhebt sich, setzt sich auf sein Bett. „Nur ein Traum?", fragt er sich laut, „nur ein Traum? Oder hat sie tatsächlich alles geplant, was ich im Traum gesehen habe?"

Die letzten Stunden der Nacht wälzt er sich auf dem unbequemen Bett hin und her, versucht einzuschlafen und hat gleichzeitig Angst vor einer Fortsetzung des schrecklichen Traumes, bis ihn endlich die Erschöpfung des Tages und der bisherigen Nacht in einen unruhigen Schlaf fallen lässt.

Das laute Rufen auf den Gängen des Untersuchungsgefängnisses lässt ihn aufspringen. Morgentoilette, heute keine Frühgymnastik, wie er sie sich angewöhnt hatte, dann Aufreißen der Tür von einem Mithäftling:

„Na, Winkler, gut geschlafen? Du siehst ziemlich fertig aus. Hier, dein Frühstück." Er reicht das vorbereitete Tablett herein, schließt die Tür.

Der Kaffee sollte nicht als solcher bezeichnet werden, und die Brötchen sind aus Gummi – dafür ist das Brot steinhart.

„Vielleicht bin ich auch nur mies gelaunt und finde deshalb alles so schlecht", denkt er bei sich und versucht, trotzdem den Magen zu füllen.

„Heute um 10 soll es weitergehen, Thomas steht mir wieder zur Seite. Ist dies die letzte Nacht im Knast gewesen, klärt sich jetzt alles zum Guten?"

Er hat seine Mahlzeit gerade beendet, als einer der Vollzugsbeamten kommt, um ihn zum Transportwagen zu begleiten – noch ist alles wie seit der Verhaftung gewohnt …

Martin empfängt ihn schon auf dem Flur vor dem Verhandlungsraum. Die Zuschauer und auch Tanja, allerdings in Begleitung einer Justizbeamtin, befinden sich bereits darin. Anna und Frau Bliemel sind ebenfalls im Saal, auch das Regionalfernsehen ist wieder vor Ort.

Verteidiger und ‚Noch'-Angeklagter wechseln einige wenige Worte zur Begrüßung. Thomas geht an den Verteidigertisch, dann führt der Beamte Martin in den Gerichtssaal, der ebenfalls dort neben ihm Platz nehmen darf.

„Ruhe im Saal. Bitte erheben Sie sich!", ruft die Protokollführerin in den Saal. Das Gemurmel verstummt, alle erheben sich, die Richter treten ein und setzen sich. „Bitte nehmen Sie wieder

Platz!"

Die Vorsitzende Richterin eröffnet den zweiten Tag der Berufungsverhandlung gegen Martin Winkler, der zwischenzeitlich versucht, einen kurzen Augenkontakt zu Anna herzustellen.

„Herr Staatsanwalt, Herr Verteidiger, die gestern dargestellten Fakten, die Ihnen bereits als Protokolle vorliegen, besagen", die Herren nicken zustimmend, „dass der Angeklagte nicht der Schuldige am Tod des Beat Holsten sein kann, Es führen deutliche Hinweise zu Frau Holsten, hier anwesend, und Herrn Tim Haller. Ich habe bereits gestern veranlasst, dass Herr Haller als möglicher Täter verhaftet wurde. Die Polizei in Kiel hat ihn festgenommen, er ist auf dem Weg hierher.
Ich bitte noch einmal Frau Barowski in den Zeugenstand."
Unter den Zuschauern erfolgt ein aufgeregtes Gemurmel.
„Ruhe bitte!"

Die Hauptkommissarin hat den Sitzungsbeginn auf dem Flur verbracht und wird hereingerufen.
„Frau Barowski, ich darf Sie noch einmal auf Ihre Pflicht auf absoluten Wahrheitsgehalt Ihrer Aussage hinweisen!"
Die Zeugin nickt, schlägt die Mappe mit ihren Vernehmungsprotokollen auf.
„Bitte teilen Sie uns jetzt bitte mit, was die Polizei im Hinblick auf Herrn Haller ermittelt hat, aber bitte nur den aktuellen Stand und nicht die lückenhaften Protokolle der ersten Verhandlung!"

Thomas flüstert Martin ins Ohr: „Er war's, glaube mir, und Tanja hat geholfen!"
„Herr Verteidiger, bitte!", kommt ein ermahnender Ruf von der Vorsitzenden Richterin. „Bitte, Frau Barowski!"

Linda ergreift das Wort: „Hohes Gericht, ich hatte vom Aufenthalt der Frau Holsten und ihrem Begleiter Tim Haller gesprochen, der kurz nach ihr, exakt um 16:48 Uhr zahlte und das Lokal verließ. Er fuhr mit seinem SUV davon, das Ziel ist uns nicht bekannt. Exakt zur Tatzeit jedoch, während Frau Holsten noch im Lokal war, wurde von der Stadt das Falschparken dieses Fahrzeuges in einer Querstraße zur Peterstraße, der Blumenstraße, durch einen Bescheid wegen einer Ordnungswidrigkeit dokumentiert. Die dokumentierte Uhrzeit ist 15:39 Uhr. Den Beleg darf ich Ihnen überreichen lassen?"

Wieder wird ein weiteres Beweisstück zum Vorteil von Martin an das Gericht gegeben.

Inzwischen naht die Mittagszeit, die Richterin würde gern unterbrechen, als ein Justizbeamter an den Richtertisch tritt und ihr etwas zuflüstert.

„Ich bitte, Herrn Tim Haller in den Zeugenstand zu holen, Frau Barowski, bitte gehen Sie auf die Bank zurück."

Tim Haller sucht den Blick von Tanja, versucht ihr Denken zu ergründen. „Hat sie ihn in diese missliche Lage gebracht?"

Der Beamte nimmt ihm die Handschellen, die ihm bereits in Kiel angelegt wurden, ab, Haller reibt sich die Handgelenke, versucht, die Atmosphäre im Saal aufzunehmen.

„Bitte nehmen Sie hier vorn Platz, Herr Haller", bestimmt die Vorsitzende Richterin und weist auf den Stuhl hinter dem kleinen Tisch in Front zum Richtertisch hin. Haller setzt er sich dort hin, seine Personalien werden erfragt, er wird über seine Rechte und Pflichten belehrt.

Martins Verteidiger Thomas Rossmann bittet um das Wort. „Herr Haller, erinnern Sie noch die Situation, als Sie und mein Mandant, der Angeklagte, sich zum ersten Mal trafen? Wenn ja, schildern Sie es uns bitte."

„Ich hatte im Internet nach einem Lieferanten für bestimmte elektronische Komponenten meiner Produkte gesucht und war auf die Firma NewIT hier am Ort gestoßen. Zu meiner Verwunderung fand ich meine ehemalige Lebensgefährtin Tanja Beiling als Geschäftspartnerin des Angeklagten. Ich fand auf der Homepage ebenfalls Herrn Holsten. Als ich im Café des Einkaufszentrums zufällig Herrn Winkler traf, den ich aufgrund des Fotos auf dessen Firmenhomepage erkannte, habe ich im von meiner früheren Beziehung zu Tanja und ihr Verhalten mir gegenüber erzählt."

„Und dann, wann geschah dann?"

„Dann bin ich zu NewIT gefahren und habe mit Frau Holsten über Möglichkeiten einer Zusammenarbeit verhandelt, leider ohne positives Ergebnis."

„Haben Sie später noch Kontakte zu Frau Holsten gehabt?"

„Nein,"

„Danke, keine weiteren Fragen, Hohes Gericht." Thomas nimmt wieder Platz.

„Hat die Staatsanwaltschaft Fragen an den Zeugen?"

„Ja, Hohes Gericht, hat sie." Der Staatsanwalt wendet sich dem Zeugen zu: „Herr Haller, wir haben Beweise, dass Sie auch später an verschiedenen Tagen und Orten Kontakt zu Frau Holsten hatten. Nur einen, allerdings sehr wesentlichen, Punkt möchte ich erwähnen: Am 28. März 2013 haben Sie ein Treffen mit Frau Holsten im Lokal „Fischerhaus" gehabt. Sie haben gemeinsam zu Mittag gegessen, dann haben Sie um 15.23 Uhr das Lokal verlassen. Sie kamen exakt um 16.41 Uhr wieder zurück an ihren Tisch und verließen das Lokal wieder um 16:48 Uhr. In der Stunde vor Ihrem erneuten Eintreffen in dem Lokal wurde Beat Holsten ermordet – Ihr Wagen stand in einer Seitenstraße des Tatortes! Was sagen Sie dazu?"

„Nichts, Herr Staatsanwalt! Man hat mich wegen des völlig unsinnigen Verdachtes, Beat Holsten ermordet zu haben, in Kiel verhaftet und mich hierher gebracht. Jetzt sitze ich hier, soll als Zeuge vernommen werden und empfinde die Fragestellungen als Versuche, mir die Schuld am Tode des Mannes zuzuweisen. Nein,

Hohes Gericht, ich verweigere die Aussage, denn alles könnte gegen mich verwendet werden!"

Die Vorsitzende Richterin ordnet an, dass Herr Haller in Gewahrsam bleiben wird, bis ein Haftrichter, genau wie bei Tanja Holsten, über die Inhaftierung entschieden hat.

Dann wendet sie sich an den Staatsanwalt und den Verteidiger:

„Meine Herren! Die Entwicklung, die diese Berufungsverhandlung genommen hat, veranlasst mich, Ihnen vorzuschlagen: Wenn Sie einverstanden sind, verzichten wir sowohl auf weitere Zeugenvernehmungen und auf die Plädoyers von Staatsanwaltschaft und Verteidigung. Das Schlusswort des Angeklagten kann natürlich erfolgen! Im Falle der Zustimmung würde sich das Gericht ohne Zögern zur Beratung zurückziehen. Über die Vorwürfe gegen Frau Holsten und Herrn Haller wird später zu entscheiden sein, hier hat zunächst der Haftrichter das Wort."

„Ich würde mich gern kurz mit meinem Mandanten beraten, Hohes Gericht."

„Einverstanden, Herr Verteidiger."

Thomas wendet sich Martin zu: „Martin, wie findest du den Vorschlag der Richterin?"

„Alles, was für meine Freiheit wichtig ist, will ich gern akzeptieren. Trotzdem möchte ich dem Gericht noch einige Informationen aus meiner Erinnerung geben."

Der Verteidiger informiert das Gericht: „Hohes Gericht, mein Mandant möchte, bevor Sie sich zur Beratung zurückziehen, eine kurze Erklärung abgeben!"

„Bitte, Herr Winkler, Sie habe das Wort!"

Martin steht von seinem Platz auf, sieht nachdenklich zum Richterkollegium und dem Staatsanwalt hinüber.

„Hohes Gericht!

Manche der Fakten, die in diesen beiden Tagen genannt wurden, waren mir natürlich bekannt. Ich habe diese in der Verhandlung, die zu meiner Verurteilung im Jahre 2014 geführt hat, nicht benannt, weil ich meine Tochter und meine Ex-Frau, die ich für die Täterin hielt, schonen wollte. Das Gericht damals hat dies nicht erkannt, nicht erkennen können, glaube ich.

Heute ist die Situation eine andere. Ich denke, aber darüber habe ich nicht zu befinden, viele der Vorgänge in der Vergangenheit von meiner Ex-Frau waren geplant. Sie hat, bevor ich sie auf einer Urlaubsreise kennenlernt, Tim Haller um Geschäftsanteile betrogen, sie hat die Scheidung von mir eiskalt in Szene gesetzt und sie hat schließlich Herrn Haller ‚reaktiviert‘, damit dieser den inzwischen ungeliebten Beat Holsten, ihren Mann, ins Jenseits befördert. Ich kann nur einen positiven Punkt in ihrem Leben finden: Die Geburt unserer gemeinsamen Tochter Anna. Ich danke Ihnen!“

Er setzt sich wieder auf seinen Platz.

Das Gericht zieht sich zur Beratung zurück, zwischenzeitlich werden Tanja Holsten und Tim Haller aus dem Saal geführt.

„Bitte erheben Sie sich“, sagt die Protokollführerin, und das Gericht zieht wieder ein.

Die Vorsitzende Richterin und die übrigen Richter nehmen wieder Platz.

„Bitte setzen Sie sich. Im Namen des Volkes ergeht folgendes Urteil: Der Angeklagte wird von der der Anklage des Mordes an Beat Holsten freigesprochen, die Kosten des Verfahrens trägt die Staatskasse.“

Im Zuschauerraum, in dem sich heute einige von Martins MitarbeiterInnen befinden, erhebt sich Gemurmel, wird Beifall geklatscht.

„Ruhe bitte!“ ruft erneut die Protokollführerin, „Ruhe bitte!“. Anna springt auf: „Papaa!“

Sie zwängt sich durch die Reihen, stürmt nach vorn, läuft zu Martin: „Papa, ich hab dich so lieb!“ Tränen laufen beiden über die Gesichter.

„Junge Dame", schaltet sich die Vorsitzende Richterin ein, „ich verstehe dich, aber bitte nimm bitte Platz, bis ich die Urteilsbegründung verlesen habe!"

Nach einer weiteren Umarmung mit ihrem geliebten Papa geht Anna wieder zurück, setzt sich in der ersten Reihe auf einen der Zuschauerstühle.

Die Vorsitzende Richterin verliest die Urteilsbegründung, die mit den Sätzen endet: „Herr Winkler, ich wünsche Ihnen persönlich alles Gute für die Zukunft. Es wird eine Haftentschädigung geben, deren Höhe Ihnen die Verwaltung mitteilen wird. Die Sitzung ist geschlossen!"

29 Freiheit

31. Januar 2018

Martin hat das eigenartige Gefühl eines „Déjà-vu", als er am Morgen dieses Tages vor dem großen Tor der Justizvollzugsanstalt steht. Es ist kalt, nur etwa fünf Grad, hat der Beamte gesagt, der das Tor für ihn geöffnet hat, aber im Gegensatz zu damals nach Beats Auffinden regnet es nicht. Den Kragen seines Jacketts hochgeschlagen wartet er auf Thomas, der versprochen hat, ihn um neun Uhr hier abzuholen.

„Alles Gute für Ihren weiteren Weg", hat der Leiter der Anstalt ihm auf den Weg in die Freiheit mitgegeben, „leben Sie wohl!". Diesen Spruch hat der Mann sicherlich schon tausend Mal gesagt!

Die feuchte Luft dieses nebligen Morgens kriecht ihm in alle Kleidungsstücke, alle Poren, lässt ihn frösteln. „Hoffentlich muss ich nicht so lange warten wie damals auf die Polizei!"

Der Nebel scheint sich von Minute zu Minute zu verdichten. Martin friert, er hätte sich von Thomas gestern noch einen Wintermantel mitbringen lassen sollen. Einige Schritte hin und hergegangen zum Aufwärmen: Zwecklos, hilft ihm nicht gegen das Zittern. Die auf der Cloppenburger Straße vorbeifahrenden Fahrzeuge sind nur noch schemenhaft zu sehen, eine Geschwindigkeitsbegrenzung an diesem Teil der Ausfallstraße ist an diesem Morgen mit Sicherheit unnütz. Ein Wagen biegt auf die Zufahrt, milchiges Licht tastet sich heran. „Ist es Thomas? Hat er seine Anna mitgebracht?"

Der Wagen hält unmittelbar neben ihm. Es ist viertel nach neun Uhr, Martin schaut auf die billige Armbanduhr, die ihm sein Freund während der Untersuchungshaft besorgt und die teure Breitling für ihn verwahrt hat. Der Fahrer des Wagens öffnet die Fahrzeugtür, es ist nicht Thomas, sondern ein ihm unbekannter junger Mann.

„Herr Winkler?", fragt der Fremde, „sind Sie Herr Martin Winkler?"

„Ja, aber wo ist Herr Rossmann? Und wer sind Sie?"

„Mein Name ist Benjamin, sagen Sie Ben zu mir. Ich wurde von Herrn Rossmann gebeten, Sie hier abzuholen und zu Ihrem Haus in der Parkallee zu fahren. Ist das in Ordnung für Sie?"

„Ja, ja, wenn mein Freund das gesagt hat, ist das so in Ordnung." Er nimmt seine Reisetasche, in der alle persönlichen Dinge verstaut sind, die Thomas gestern nach dem Freispruch nicht mehr mitnehmen konnte, und wirft sie auf den Rücksitz des Wagens.

„Fahren wir!"

Die Fahrt verläuft schweigend, weder Martin noch Ben haben Interesse an einer Unterhaltung, der Letztere muss sich zudem sehr auf den Verkehr konzentrieren.

Im innerstädtischen Bereich ist der Nebel nicht mehr so dicht wie auf der Cloppenburger, so kommt Ben etwas zügiger voran. Martin versucht, durch den Nebel die Häuser und Menschen zu erkennen, alles sieht aus wie durch eine Milchglasscheibe. „Eigenartig, bin ich in einer fremden Welt gelandet, gehöre ich nicht in diese Umgebung?"

Ben, der Fahrer, lässt den Wagen langsam ausrollen, dann stoppt er so vorsichtig, als habe er empfindliches Gut zu transportieren.

„Wir sind da, Herr Winkler, Sie sind wieder zu Hause." Er steigt aus, öffnet für Martin die Beifahrertür, damit dieser ebenfalls aussteigen kann, dann nimmt er dessen Reisetasche vom Rücksitz.

„Alles Gute für Sie!", sagt er, fährt mit Thomas' Wagen davon.

Wie in Trance nimmt Martin sein Gepäck, geht langsam die Stufen, eine nach der anderen, zur Haustür hinauf. Sie sind nass vom Nebel, er bewegt sich im Zeitlupentempo.

„Es muss etwas unternommen werden, die Treppe ist bei Nässe

zu glatt, wie leicht kann jemand stürzen!", denkt er eigenartigerweise, als sei dies das größte der zu bewältigenden Probleme.

Wie lange hat er diese Treppe nicht betreten! An der Haustür angekommen zögert er, die Hand schon auf dem Türklopfer. Nach einer oder zwei Minuten endlich betätigt er den Klopfer, der ein Läutewerk im Haus auslöst. Eilige Schritte sind im Vorflur zu hören, dann wird die Tür geöffnet.

„Papaa!"

Dieser Ausruf seiner geliebten Anna, diesmal voller Freude im Gegensatz zu damals nach seiner Verurteilung. Warum nur gehen seine Gedanken selbst jetzt in die Vergangenheit?

Seine inzwischen schon ein wenig erwachsen wirkende Tochter fällt im um den Hals, hält ihn fest, ganz fest: „Papa, gut, dass du jetzt wieder hier bist! Ich bin so froh!"

Er löst sich vorsichtig aus der stürmischen Umarmung: „Lass uns hineingehen, Anna, ich bin so müde." Sie lässt ihn los, nimmt ihn bei der Hand.

„Papa, wir gehören zusammen, jetzt liegt die schreckliche Zeit hinter uns, du im Gefängnis, und ich bei Mama in dem kalten Haus. Jedes Mal, wenn ich dort nach oben gegangen bin, habe ich den toten Beat in der Badewanne gesehen, es war schrecklich." Martin streicht ihr sanft, fürsorglich über das Haar, das sie jetzt zu einem französischen Zopf geflochten trägt.

Beide stehen inzwischen vor der Tür zum Wohnzimmer, hinter deren Tiffany-Verglasung eine Person schemenhaft zu erkennen ist. Anna öffnet, mit ausgebreiteten Armen steht Thomas dort, eine Flasche guten Weines in der Hand, neben ihm auf dem Glastisch mit den Löwenfüßen ein riesiger Blumenstrauß. Anna lässt die Hand ihres Vaters los, geht hinüber zum großen Fenster.

„Martin, mein Freund! Es ist so schön, dich wieder in diesem wunderbaren Haus zu begrüßen! Fast drei Jahre hat es auf dich warten müssen, nur weil du ein alter Sturkopf bist, aber jetzt kommen wieder gute, nein, bessere Zeiten." Thomas macht eine Pause, überreicht Martin die Flasche von dem guten alten Wein, den sie schon an vielen Abenden genossen haben.

„Ich habe dieses Fläschchen in einer Weinhandlung entdeckt, deine Vorräte von dieser Lage und diesem Jahrgang waren ja bereits vor deiner Verhaftung damals erschöpft!"

Schulterklopfend umarmen sich die Freunde. „Thomas, was hätte ich ohne dich gemacht, du hast mich aus dem Elend gerettet! Mit Grauen denke ich daran, dass ich sonst unter Mördern und Kinderschändern gelandet wäre!"

Vom Fenster her kommt Annas Stimme. „Papa, warum hast du denn nicht gleich alles gesagt?"

Martin zögert ein wenig. „Anna, Martin, kommt, wir wollen uns setzen."

Die drei nehmen in der gemütlichen Sitzecke Platz. Nach einem Augenblick des Schweigens entschließt er sich, Anna endlich die Wahrheit zu sagen, auch die Dinge, die sie vielleicht nicht in der Verhandlung erfahren hat.

„Anna, es gab zwei Gründe, weshalb ich bei der Polizei damals nicht gleich meinen Verdacht geäußert habe. Ich hatte nämlich befürchtet, dass du den Föhn in die Wanne geworfen hast, vielleicht, weil Beat damals etwas von dir wollte, was ich vermutete. Und mein zweiter Gedanke war, dass deine Mutter ihn ermordet hat! Ich wollte euch nicht in Bedrängnis bringen, dazu kam natürlich auch, dass ich Beat nicht mochte, nachdem er deine Mutter geheiratet hat. Ich habe euch über alle Maßen geliebt, dich natürlich noch immer, wollte nicht, dass euch etwas geschieht. Deshalb habe ich die ganze Zeit über geschwiegen. Es ist nur gut, dass Frau Barowski von der Polizei die ganze Wahrheit herausgefunden hat!"

Er lehnt sich zurück. Anna sieht ihn mit großen Augen an: „Du hast das alles für uns getan? Obwohl du keine Ahnung hattest, wer es wirklich war? Krass! Aber, Papa, hast du es mir tatsächlich zugetraut? Ich war neun!"

„Nein, Anna, nicht wirklich, aber es hätte sein können, dass Beat dich dort belästigt hätte und du deshalb in Angst oder Wut den Föhn genommen hättest. Jetzt weiß ich, dass man mit einem Föhn in einem modernen Haus niemanden umbringen kann! Und jetzt lasst uns über erfreulichere Dinge reden, die Vergangenheit soll jetzt ruhen."

Der Vormittag verläuft von nun an mit anderen Gesprächsthemen, Anna erzählt von Schule und Freundinnen, Thomas berichtet ein wenig über die Firma, die nach Tanjas Verhaftung jetzt führungslos ist.

„Was meint ihr, wollen wir nicht bald einmal etwas essen? Ich möchte gern wieder etwas anderes als Anstaltskost genießen!" Martin sieht die beiden an, erntet zustimmendes Kopfnicken, fährt fort: „Zu unserem Griechen von damals oder lieber italienisch?"

Anna plädiert für den Italiener bei der Lambertikirche, Thomas stimmt zu: „Aber nach dem Essen muss ich euch allein lassen, ich habe heute noch berufliche Verpflichtungen."

Das Lokal ist gut besucht, viele in der Innenstadt Beschäftigte nehmen hier ihre Mittagsmahlzeit ein, auch Touristen befinden sich unter den Gästen. Für Anna, Thomas und Martin findet sich noch ein schöner Platz in der Nähe des Pizzaofens, der eine wohlige Wärme ausstrahlt, an diesem feuchtkalten Tag genau das Richtige.

Sie bestellen, das Essen ist gut, der Wein für Martin und Thomas aus einer guten Lage ist hervorragend; Anna hat sich eine Cola bestellt.

Nach dem Essen verabschiedet sich Thomas bald, „Die Kanzlei wartet", lässt Vater und Tochter im Lokal zurück, die sich allerdings auch nach wenigen Minuten auf den Heimweg machen. Der Tag ist für Martin ziemlich anstrengend, seine früher ausgezeichnete Kondition ist während der langen Zeit in der U-Haft geschwunden. Zu Hause angekommen, bittet er Anna, auf ihn für die Dauer seiner

Mittagsruhe zu verzichten, aber zuvor hat er noch eine wichtige Frage: „Anna, sag, warum ist Frau Bliemel nicht hier?"

Sie sieht ihn mit großen Augen an: „Papa, weißt du das nicht? Mama hat sie sofort nach deiner Verurteilung rausgeworfen und hat gesagt, dass sie das Haus sowieso verkaufen will, vielleicht sogar die Firma. Wenn Onkel Thomas nicht gewesen wäre, hätte sie das bestimmt gemacht!"

Martin nimmt sein Smartphone, das Thomas für ihn noch immer mit dem alten Vertrag aufbewahrt hat, und wählt die Rufnummer von Frau Bliemel: „Die Rufnummer wurde gelöscht" ist die Information, die er bekommt.

„Ich kümmere mich morgen darum, bis dahin halten wir es hier auch ohne sie aus, was meinst du, Anna?" Die nickt zustimmend und setzt sich mit einem Schulbuch, es scheint ein Grammatikbuch zu sein, in den weißen Sessel, Tanjas Sessel, neben dem kleinen Glastisch. Martin geht zu ihr, streicht ihr noch einmal über den Kopf: „Ich gehe auf ein Stündchen nach oben."

Tatsächlich ist er nach einer Stunde wieder zurück. „Soll ich uns Tee machen?", fragt Anna, als sie ihn erblickt. „Ja, gern! Wie lange habe ich keinen richtig guten Tee getrunken! Du musst drei Teeschaufeln …". Sie unterbricht ihn mit den Worten „Papa, ich kann Tee aufbrühen, glaube mir" und geht in die Küche.

Es werden für Martin sehr schöne Stunden, in denen er das Zusammensein mit seiner großen Tochter genießt. Nach dem Abendessen – Thomas und Anna hatten alles gestern sofort nach dem Freispruch besorgt und vorbereitet – fragt Anna: „Papa, hast du etwas dagegen, wenn ich mich gleich mit meinen Freundinnen treffe? Wir hatten uns schon in der letzten Woche verabredet."

Er sieht sie nachdenklich an, überlegt einen Augenblick: „Wer bin ich, um dir das zu verbieten? Wir haben uns so lange nicht gesehen, da kommt es auf die paar Stunden nicht an, wir werden alles, was wir versäumt haben, nachholen, ich verspreche es!"

Anna strahlt ihn an: „Papa, du bist der Beste. Tschüss, bis später", gibt ihm einen dicken Kuss auf die Stirn, dann wirbelt sie hinaus. „Komm nicht so spät heim", ruft er ihr noch nach, aber das wird sie nicht mehr hören.

Der Nebel draußen ist einem leichten Schneegriesel gewichen. Er schaltet die Beleuchtung des Gartens ein. Beim Blick hinaus ist im Licht der gut platzierten Spots ein weisser Überzug auf dem Grün des Rasens zu erkennen, auch die alten Spiel- und Turngeräte sehen schon aus wie überzuckert.
Er setzt sich in den alten, von ihm geliebten Ohrensessel, nachdem er die Stereoanlage eingeschaltet und die CD mit Händels Feuerwerksmusik gestartet hat. Sein Freund hat ihm einige gute Zigarren in den Humidor gelegt, es sind zwar keine Havannas wie früher, aber immerhin … Bis auf die Hockerleuchte hat er die Lichter im Raum gelöscht, sieht hinaus in den Garten, gibt sich ganz der Musik hin. „Alles ist wie früher, bevor ich Tanja kennenlernte", geht ihm durch den Sinn.

Ende

Informationen zum Autor

Karl-Heinz Knacksterdt hat erst nach dem Eintritt in das
Rentenalter seine Liebe zum
Schreiben romanhafter Literatur
entdeckt.
Jahrgang 1941, war er lange
Zeit ehrenamtlich in einer
Kirchengemeinde in Oldenburg
aktiv - Kirchenältester und
Lektor waren dort seine
Professionen. In seiner
beruflichen Laufbahn hat er sich
über vier Jahrzehnte mit
Anwendungen der Informations-
verarbeitung befasst.

Er ist seit mehr als 55 Jahren mit seiner Frau Annelie
verheiratet; zwei verheiratete Kinder und zwei Enkel gehören
zur Familie.

Die biblischen Bilderzyklen seiner Frau als Inspirationsquellen
haben ihn motiviert, sich mit wichtigen Frauen der Bibel
auseinanderzusetzen – die Trilogie „Große Frauen der
Bibel" waren die ersten als Bücher erschienenen Werke.

Mit der Arbeit zu „Im schwarzen Kokon", dem ersten Buch der
Trilogie „Manipulationen", wagte er sich auf ein völlig anderes
Terrain: Eine Geschichte, die zwischen Fiktion, Fantasie und
Realität changiert und ihre Fortsetzung in den Büchern „Im Netz
der Algorithmen" und „Der Soldat Jeremy Martinsen" findet.
Ergänzt wird diese Trilogie um den Zukunftsroman „2039
Robot's Welt".

Romane

von Karl-Heinz

Knacksterdt

Trilogie „Frauen der Bibel"
„Maria. Frau. Mutter. Heilige."
Die Lebensgeschichte der Maria von Nazareth
176 Seiten 2014 / ISBN 978-3738-60164-0 / 11,99 €

„Bathseba und David"
Eine Liebesgeschichte aus alter Zeit
244 Seiten 2015 / 978-3741-28080-1 / 11,95

„Eva und Adam"
Ihre drei wundersamen Existenzen
204 Seiten 2017 / ISBN 978-3743-19409-0 / 11,95 €

Trilogie „Manipulationen"
„im schwarzen kokon"
208 Seiten 2017 / ISBN 978-3744-88250-7 / 10,00 €

„Im Netz der Algorithmen"
240 Seiten 2018 / ISBN 978-3752-86005-4 / 12,00 €

„Der Soldat Jeremy Martinsen"
228 Seiten 2019 / ISBN 978-3749-43374-2 / 12,00 €

„Robot's Welt"
234 Seiten 2020 / ISBN 978-3750-48810-6 / 12,00 €

Weitere Arbeiten

„Todesblume" – Ein Gemeinschaftskrimi
Kooperation mit den AutorInnen
Hanna Seipelt und Ilka Silbermann
148 Seiten 2019 / ISBN 978-3748-14132-7 / 7,00 €

„Zukunft?!" – Anthologie 2020 des
Leseforum Oldenburg e.V. mit dem Beitrag
„Zukunftsgedanken"
220 Seiten / ISBN 978-3751-95570-6 / 12,00 €

Alle Bücher sind bei Bod als Printbuch und
als E-Book erschienen